石川　透編

室町物語影印叢刊 35

猿源氏草紙

けにうすやかわかんものは
わたりうらみられうらへ
ありけるにこひなのこゝろさ
こりんとてこゝろへまさりつゝひ
よそてわりうつりはとれ
てもとあとつへるらすなし
をひろりつひゝかさる
みしとすめはこそく
とゝろりうつめをく
そゆつわりあいにやさしめ
ありしゆひとすりなひ
あわきさみとせうれ
うきとんをいしやうてえ

あのたまもわくゝう
とあるゝさうもとゆりひ給
しまさうゝさん
金わらいよりやかう
ぬくもやとんもしすの琳
ろおろねうきりか
とうとおさゐしさおつさ
まそんへかいふ
ちやそすのゝ人
りゝう

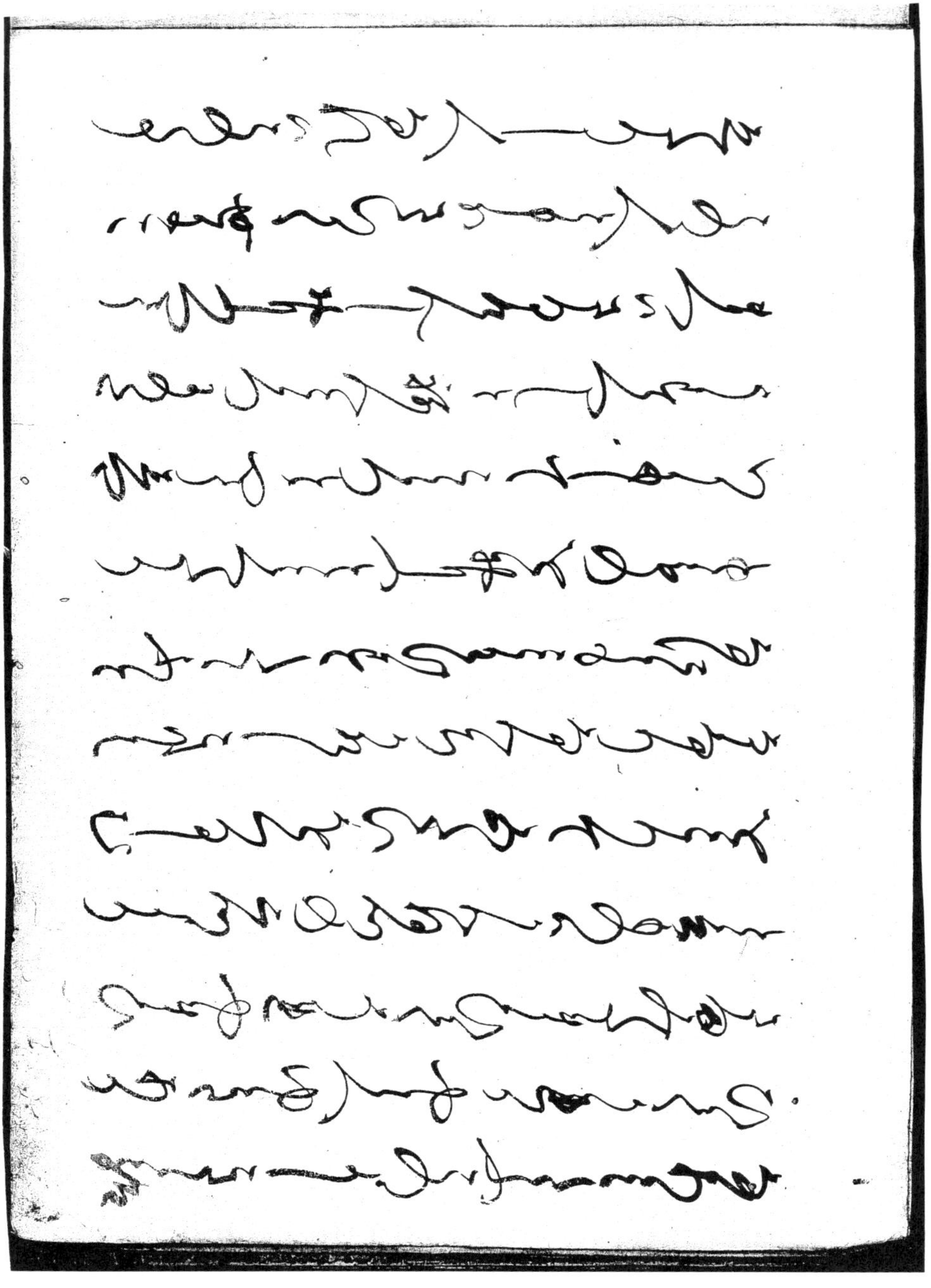

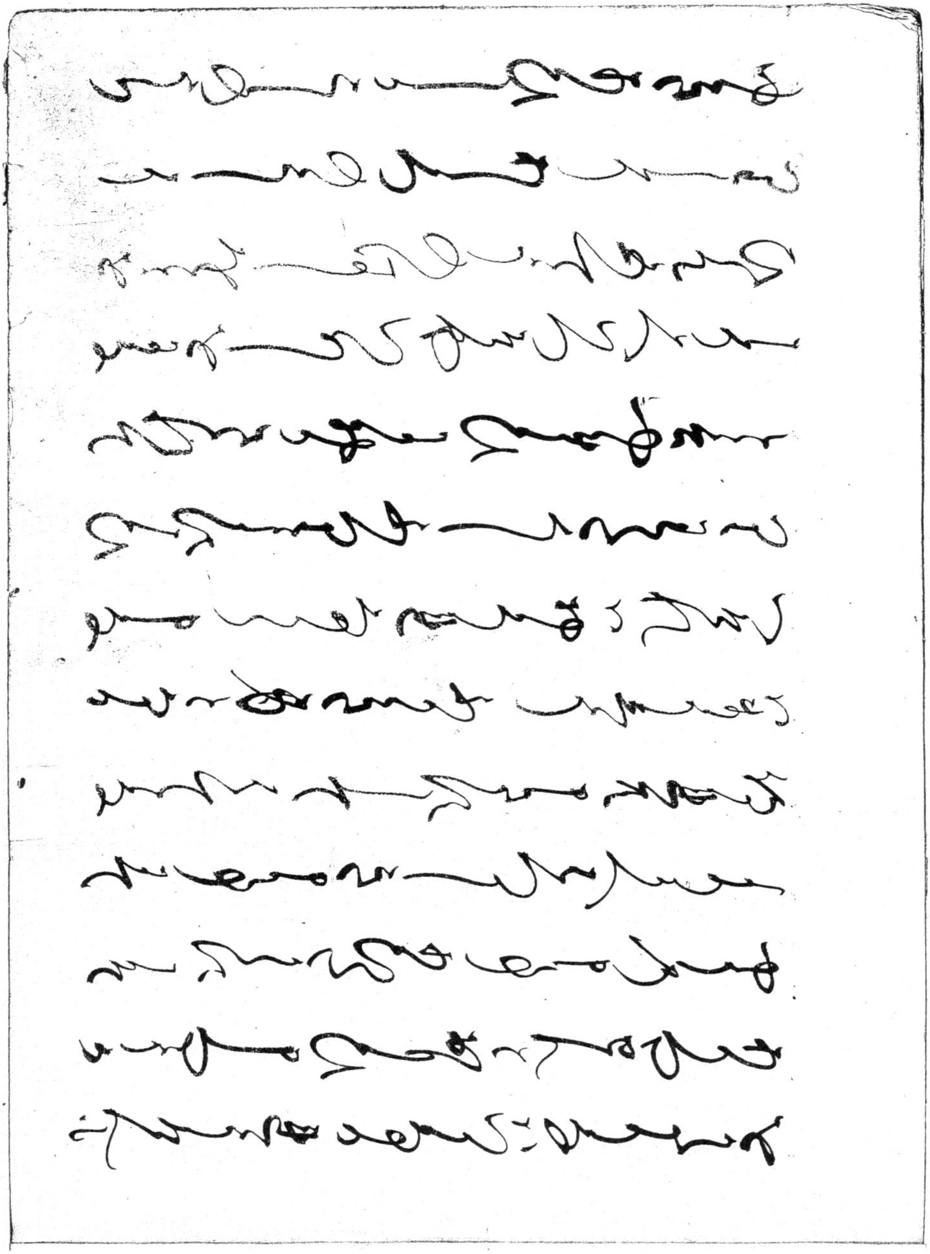

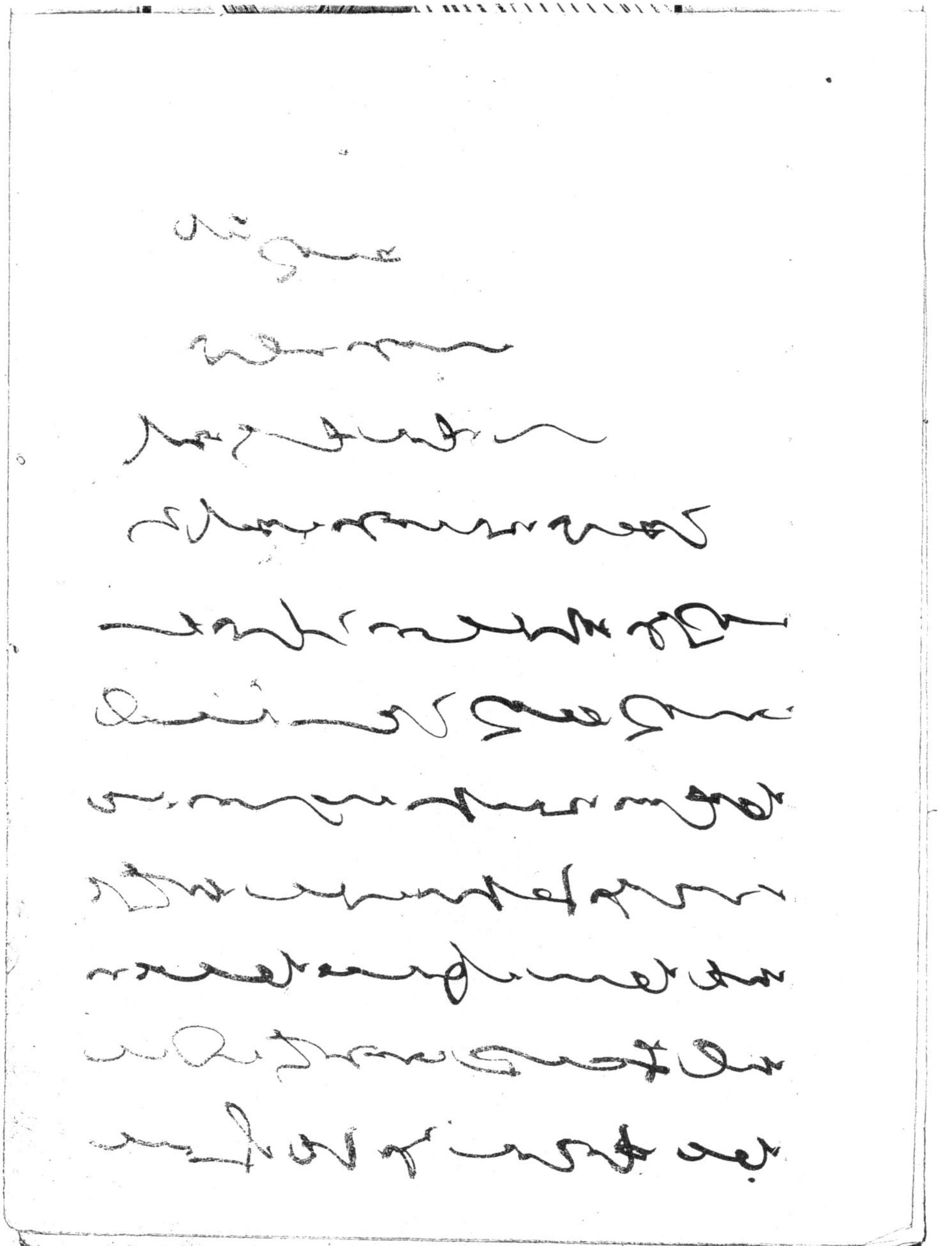

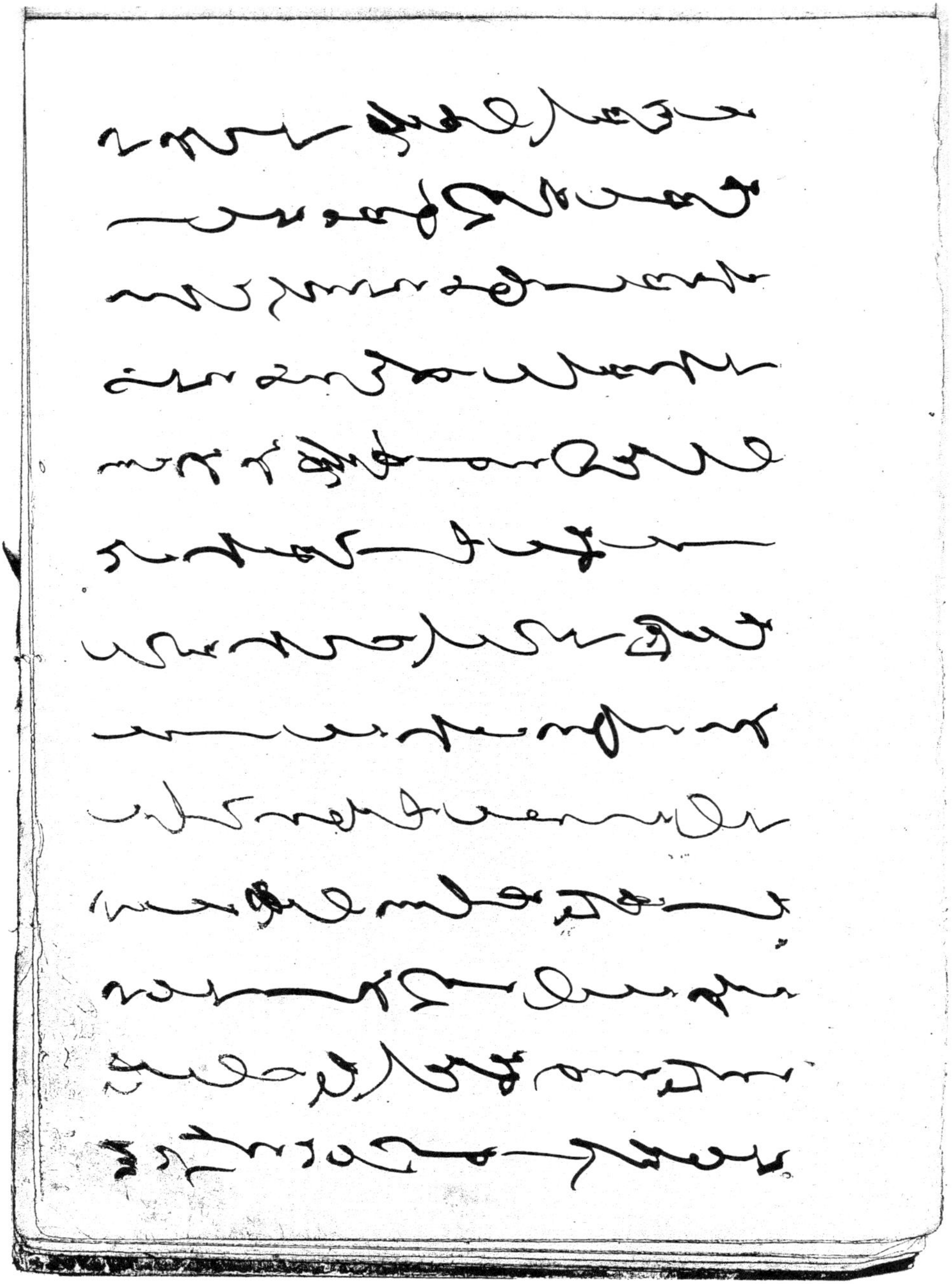

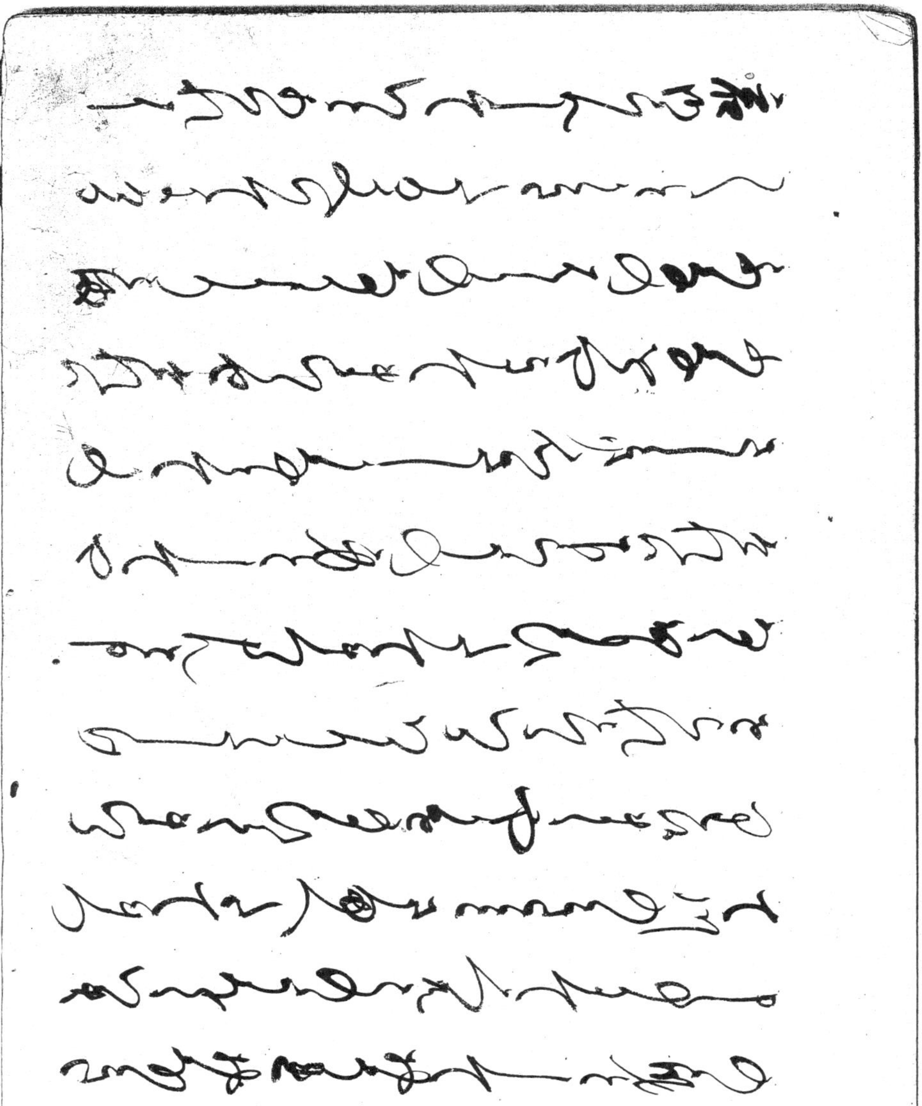

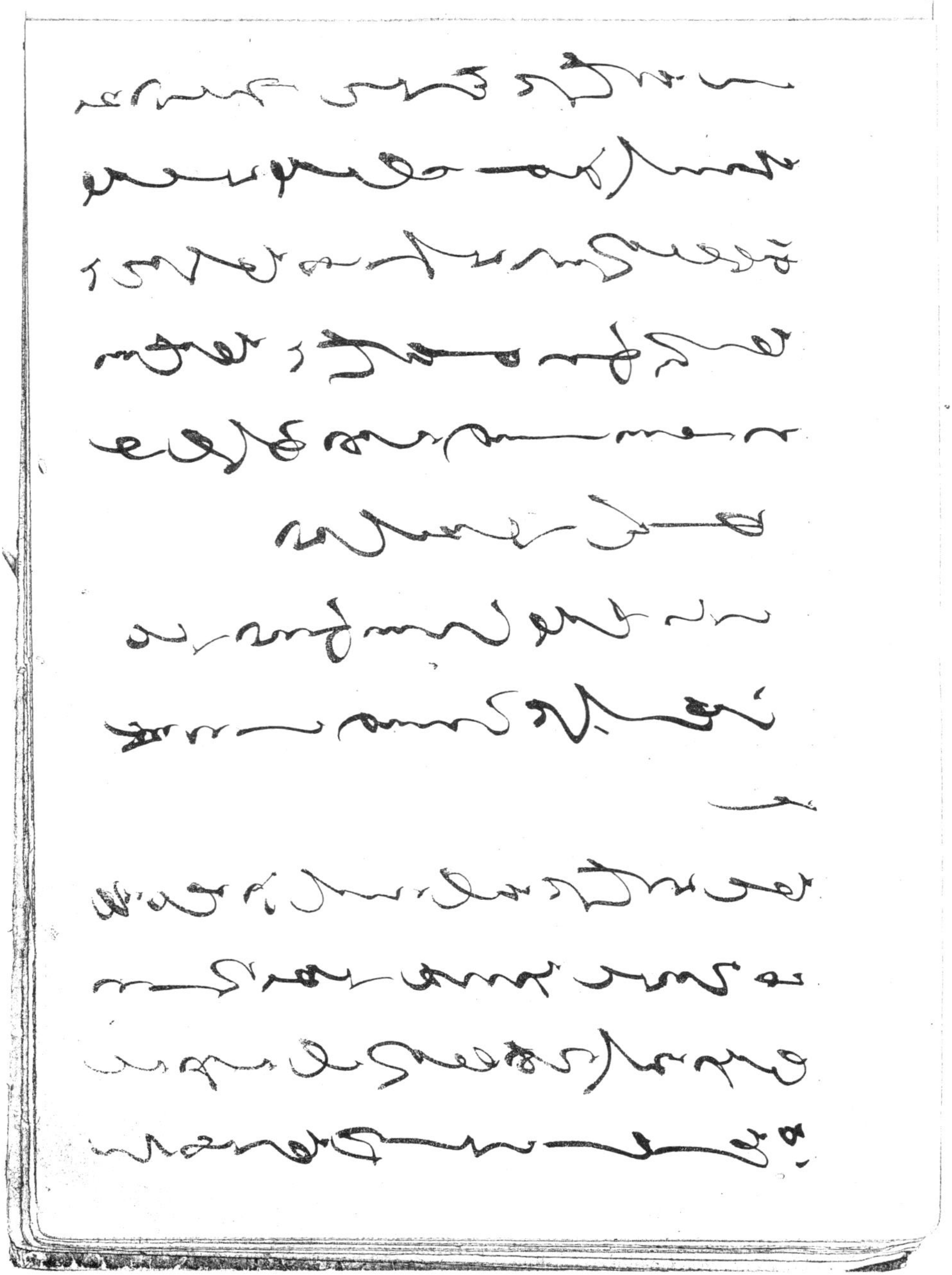

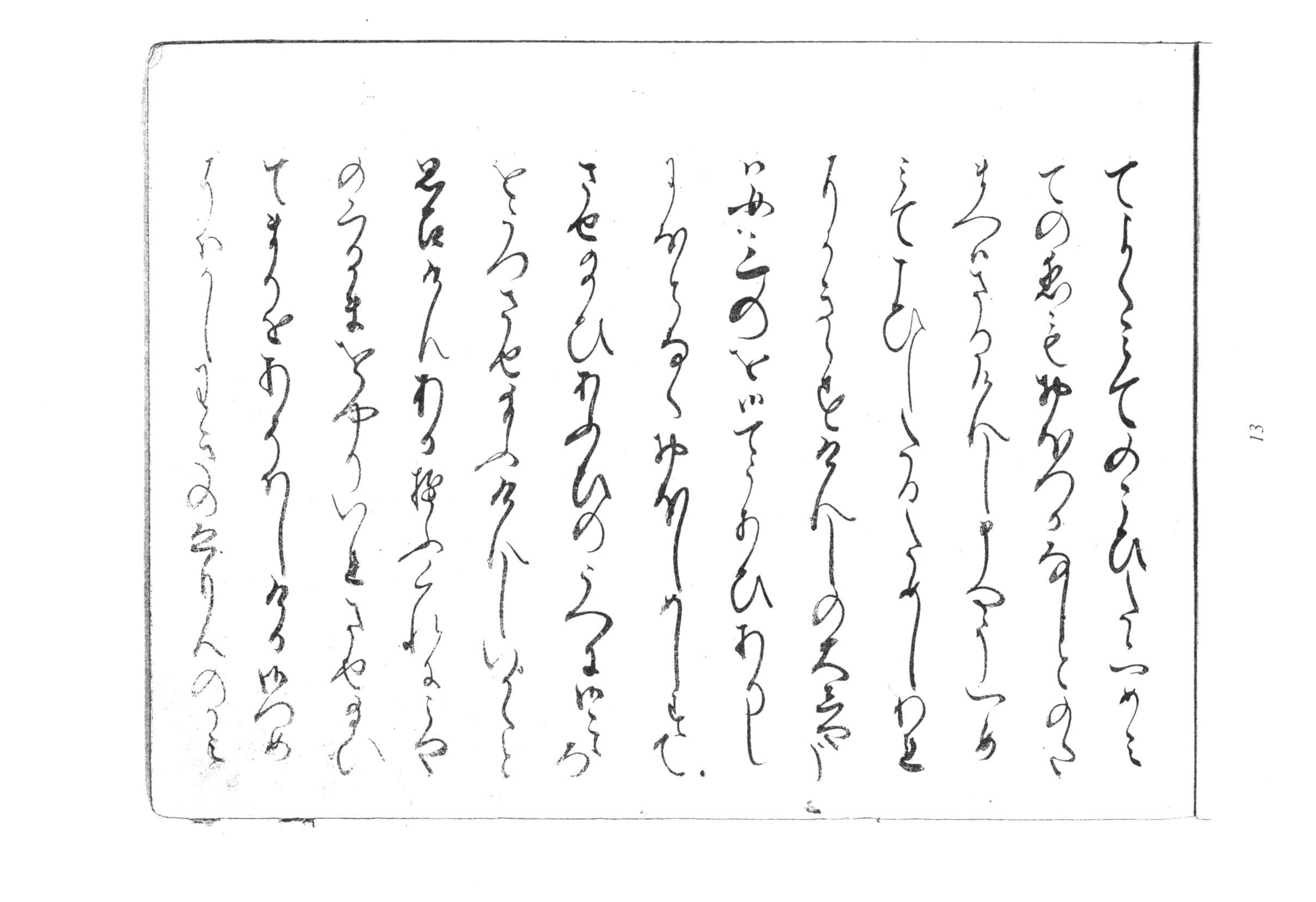

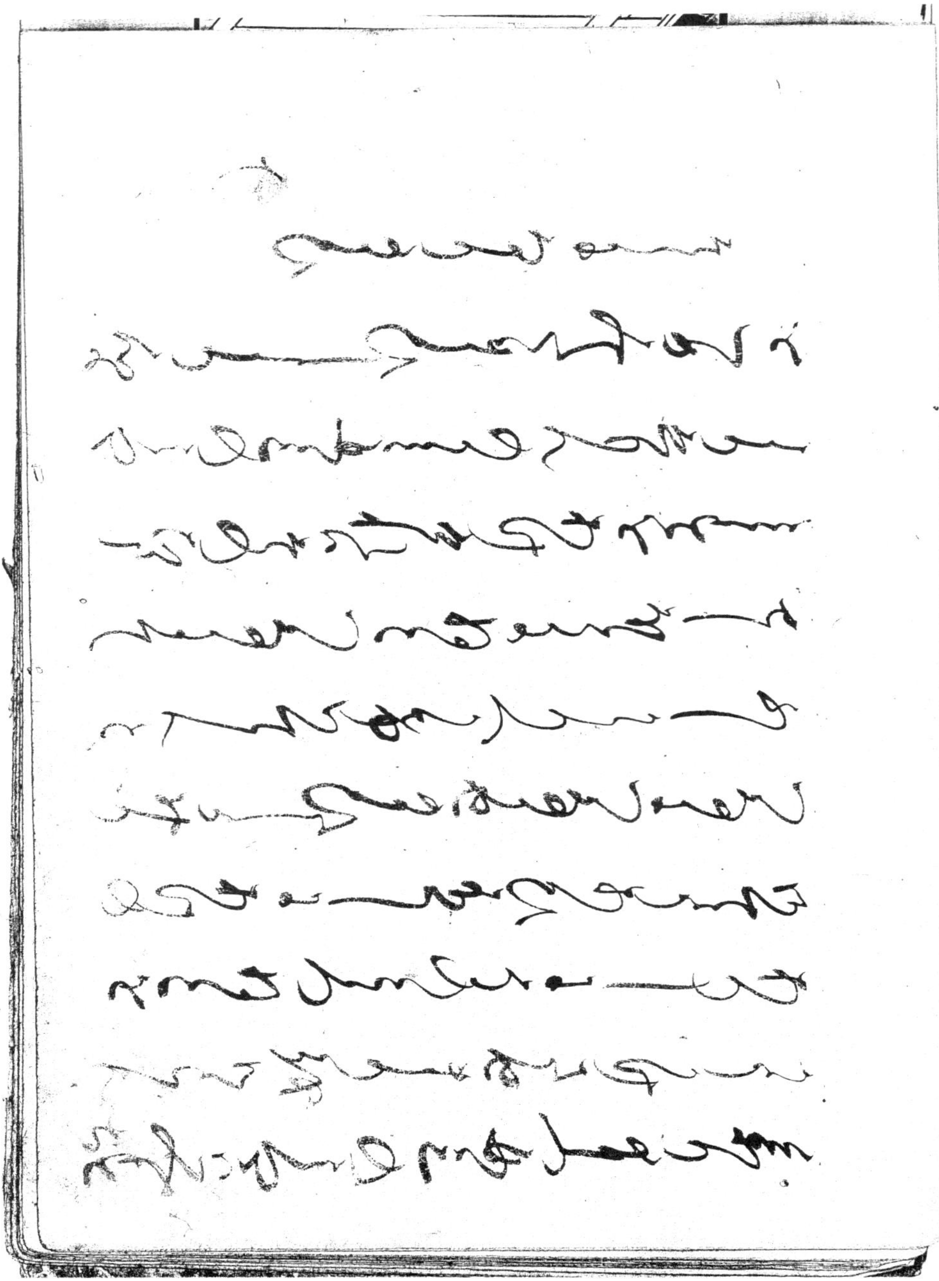

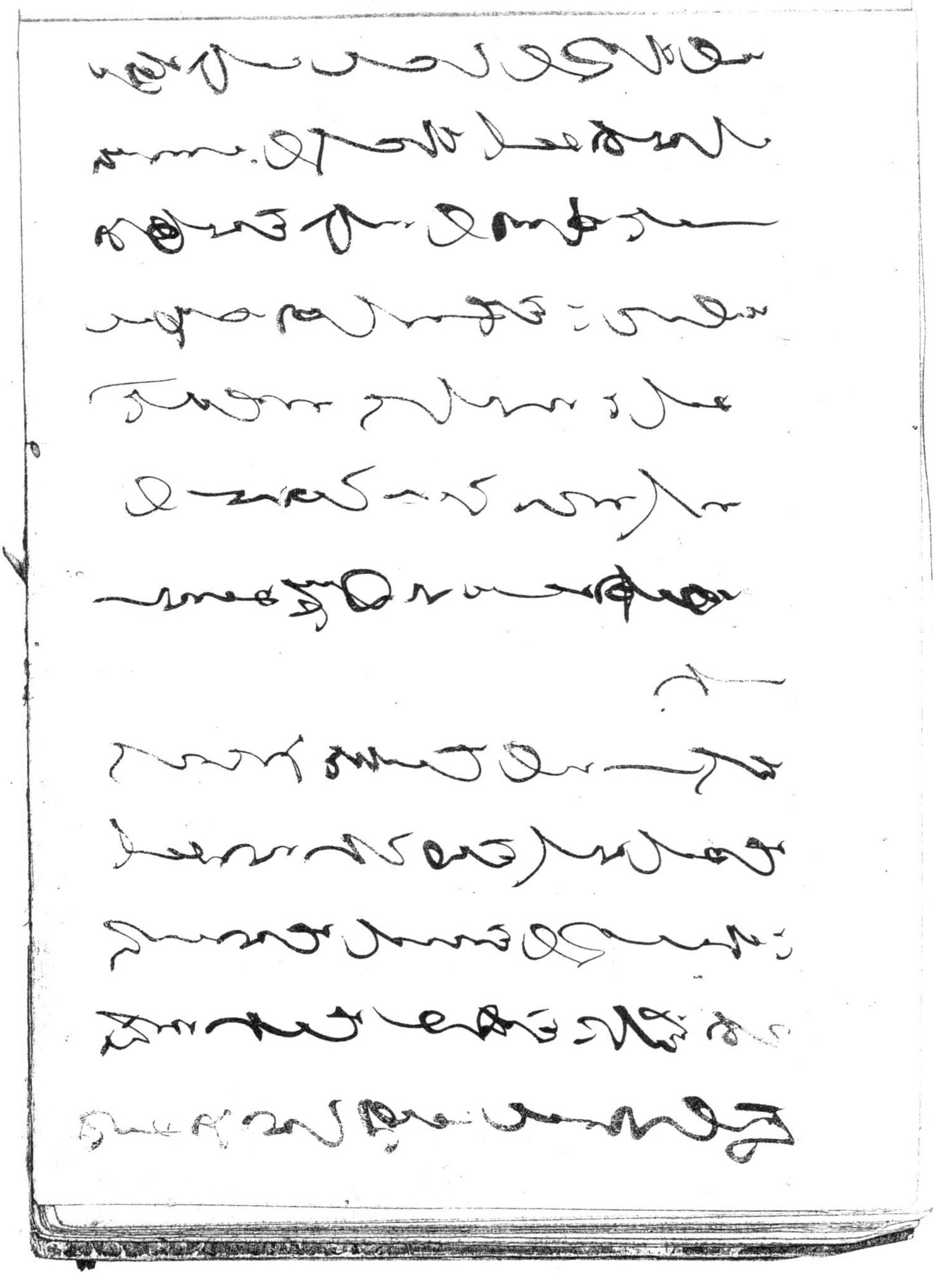

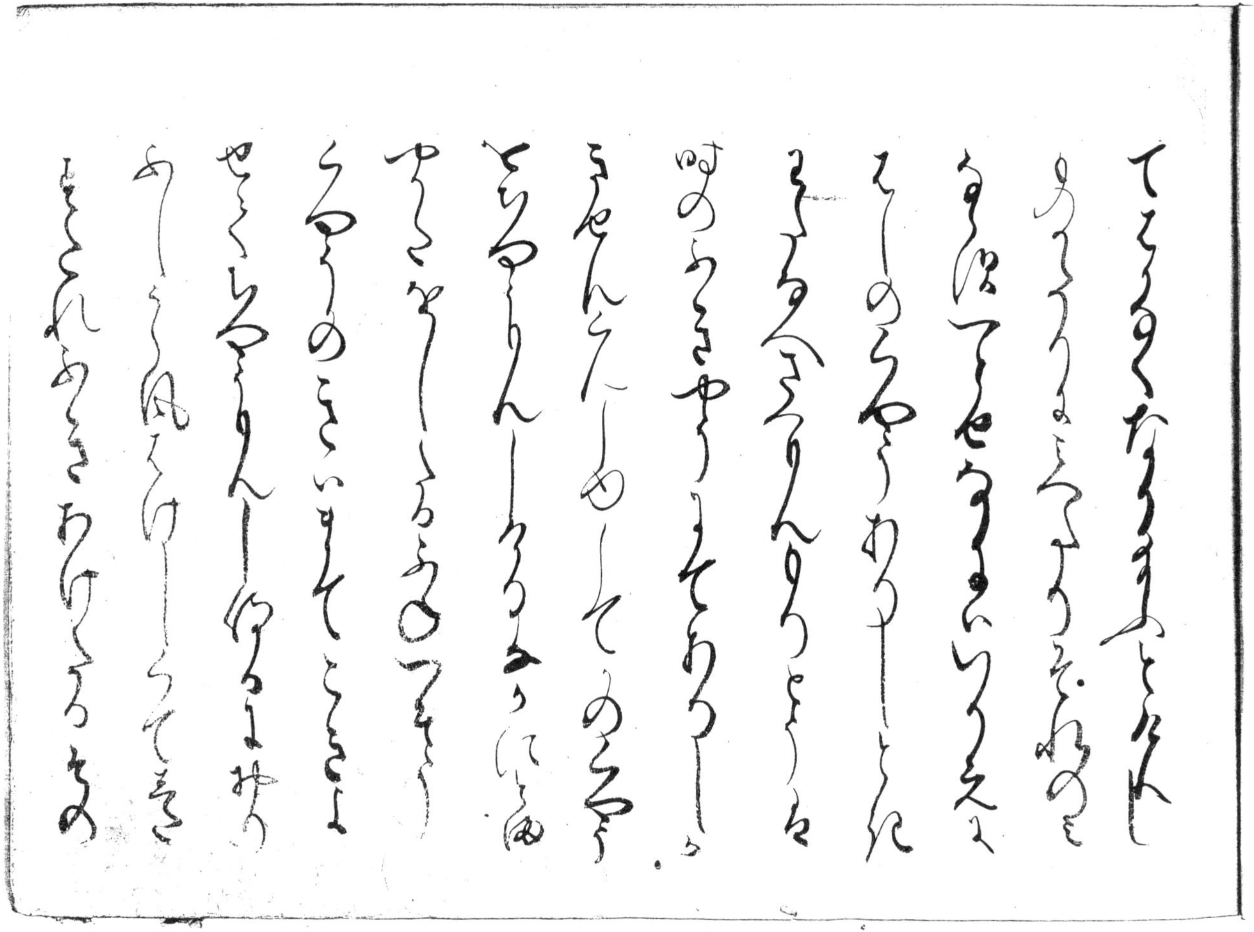

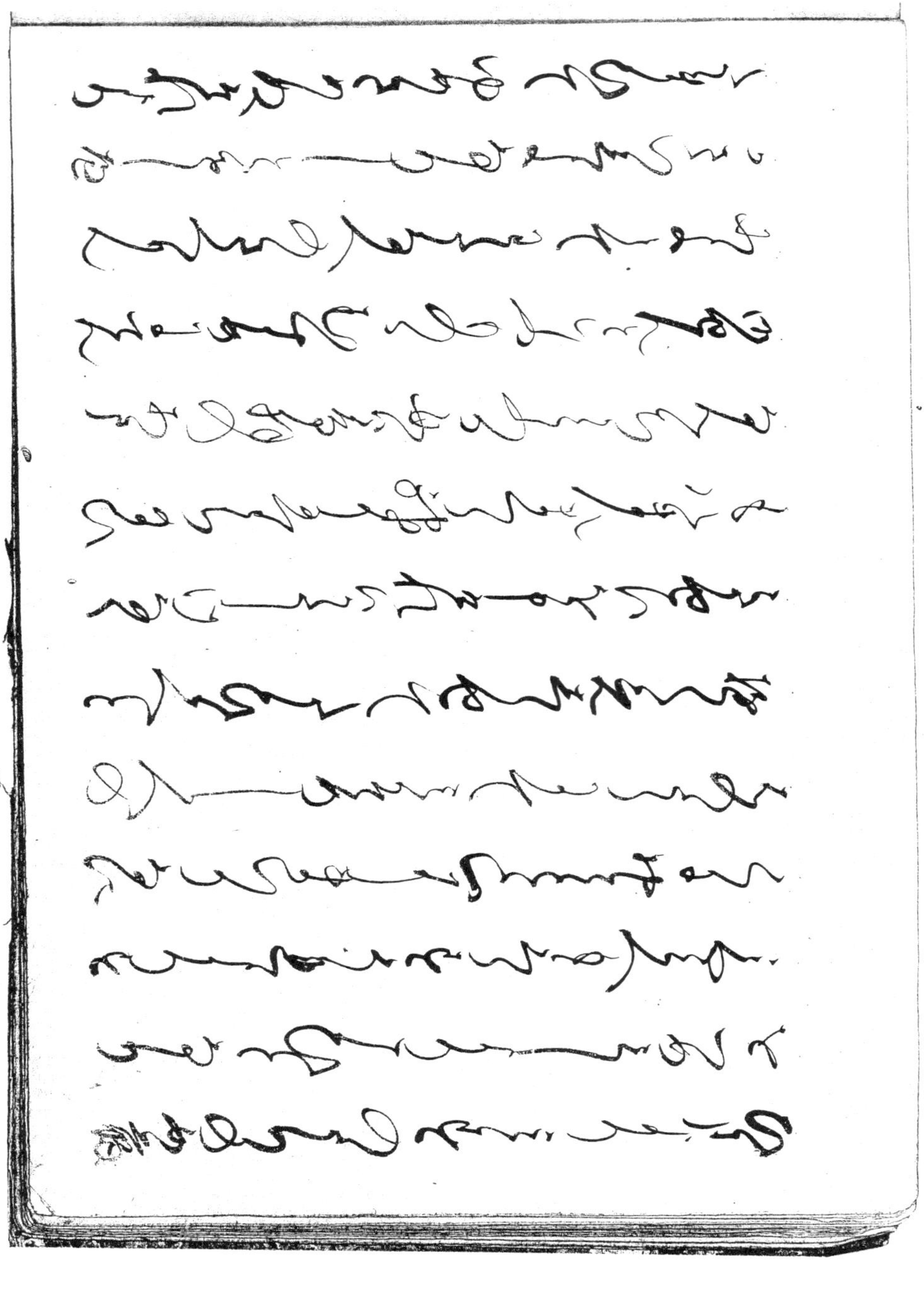

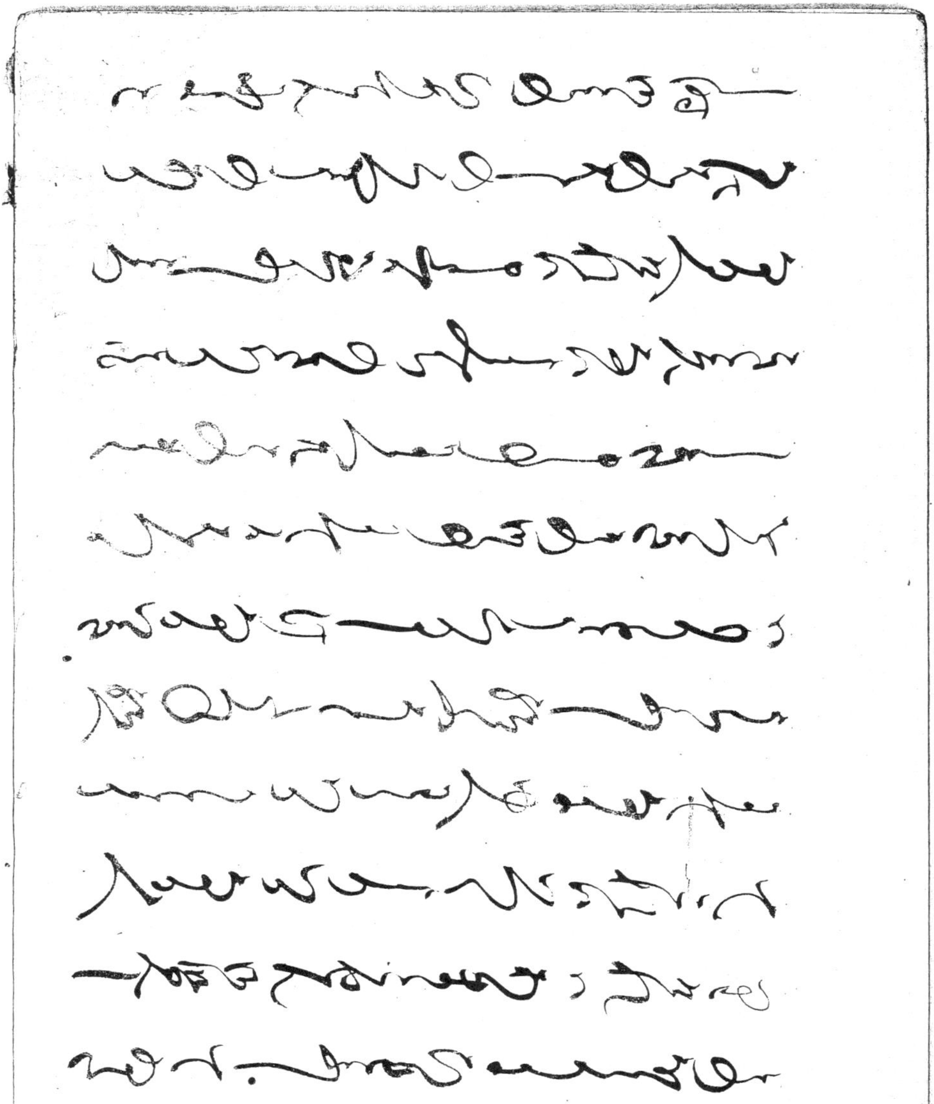

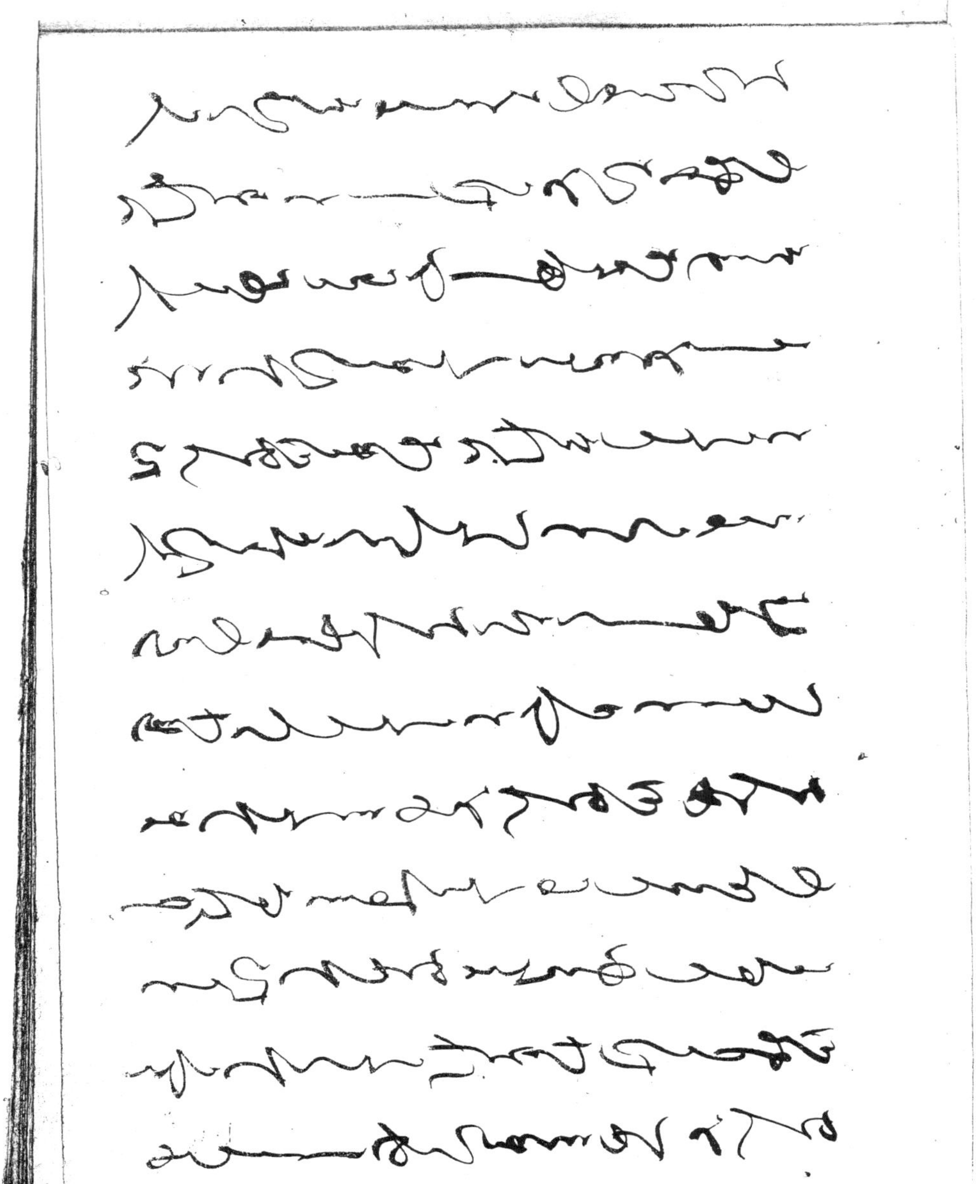

こそあいうことらしみとこそ
つしらせんとおもひはうひ
まひしらやくりのうらを
しうすいしにわけのうはし
めぬふうりえてこてひろ
ねらとらせんのとらそし
くとうとろいわとろのとや
すりとみなしてはとんにわし
けせんしゆのとらのしつけ
しらせつへいとんぬゆせんとう
みのとりあてとらしとや
かくまりまへわまやせんゑ
いつきりつとうとひとあし

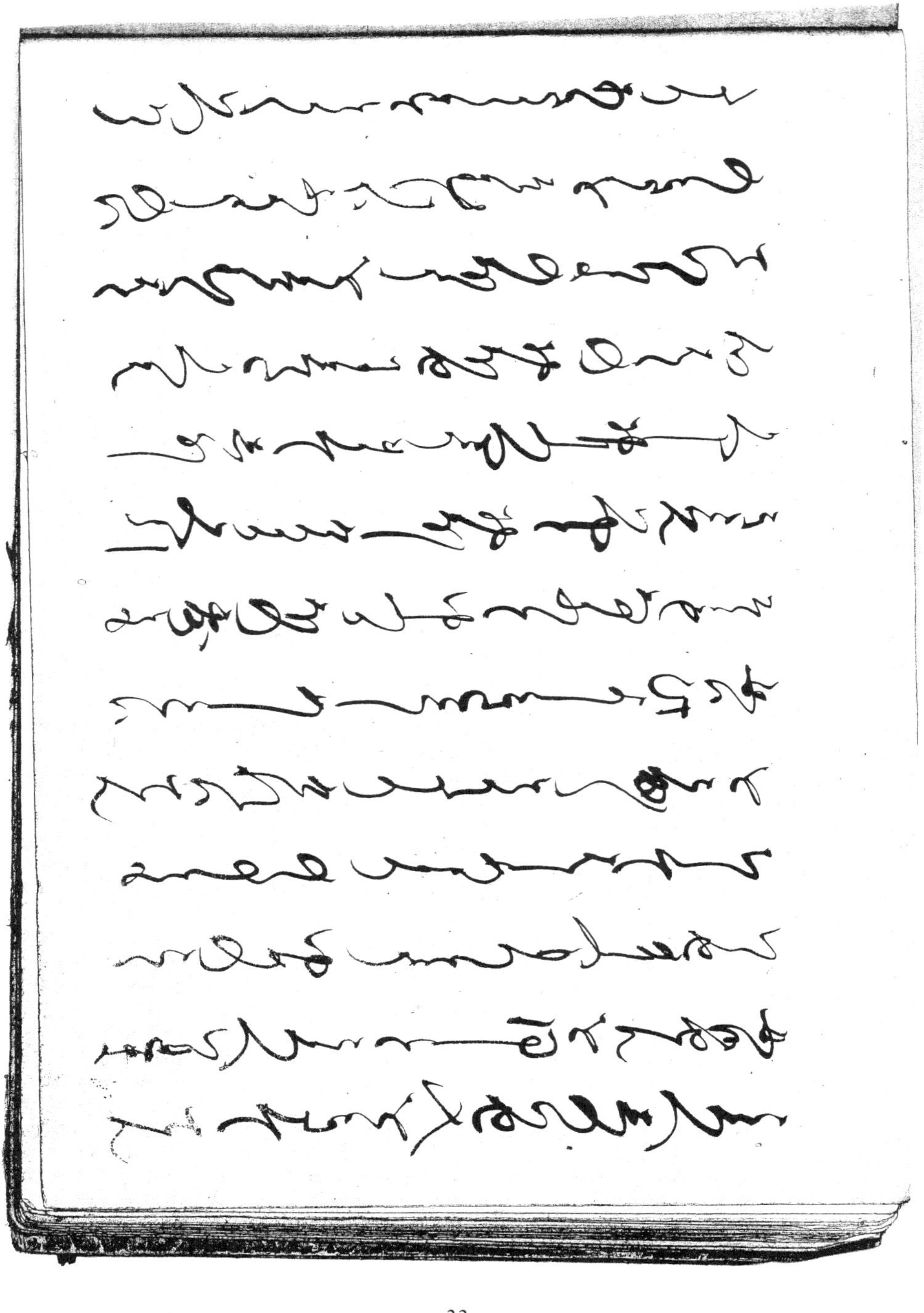

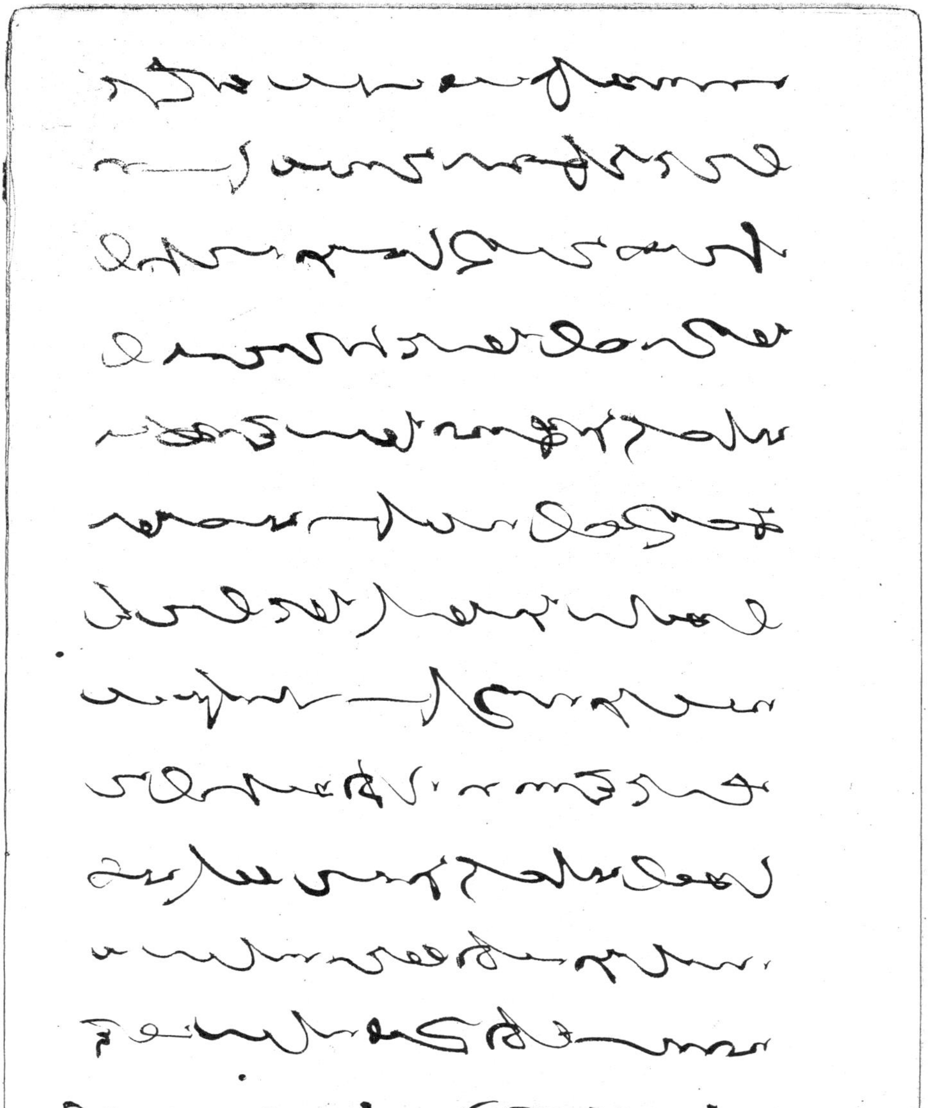

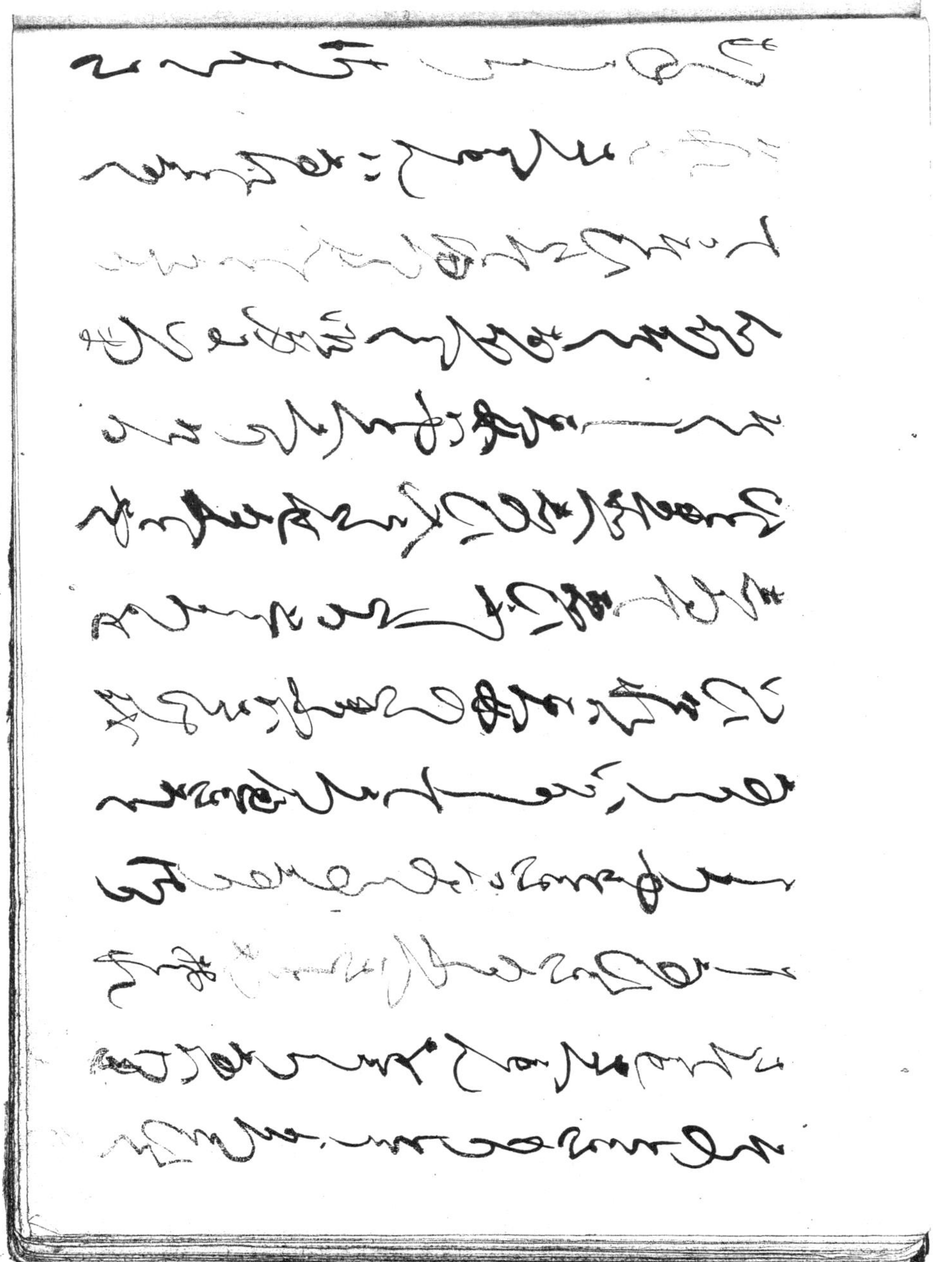

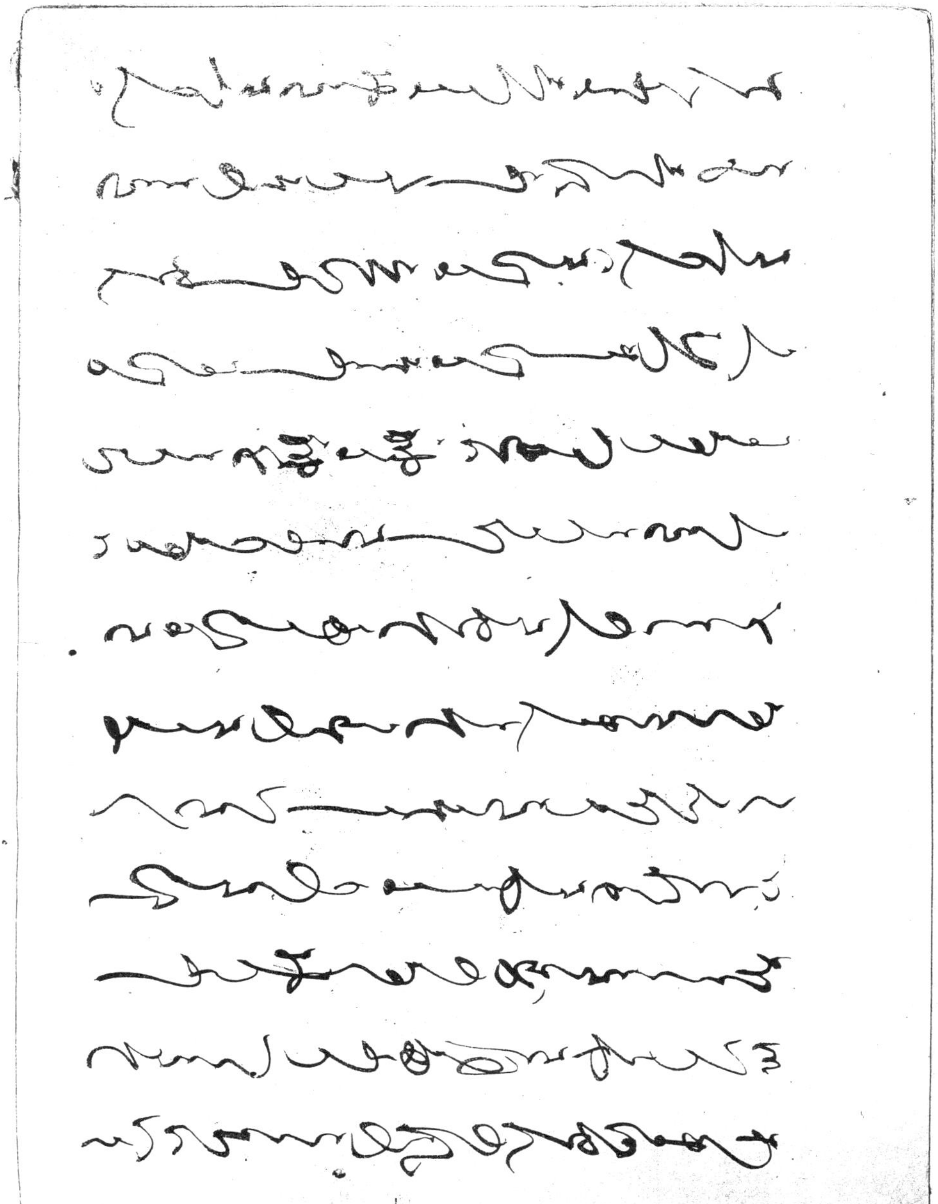

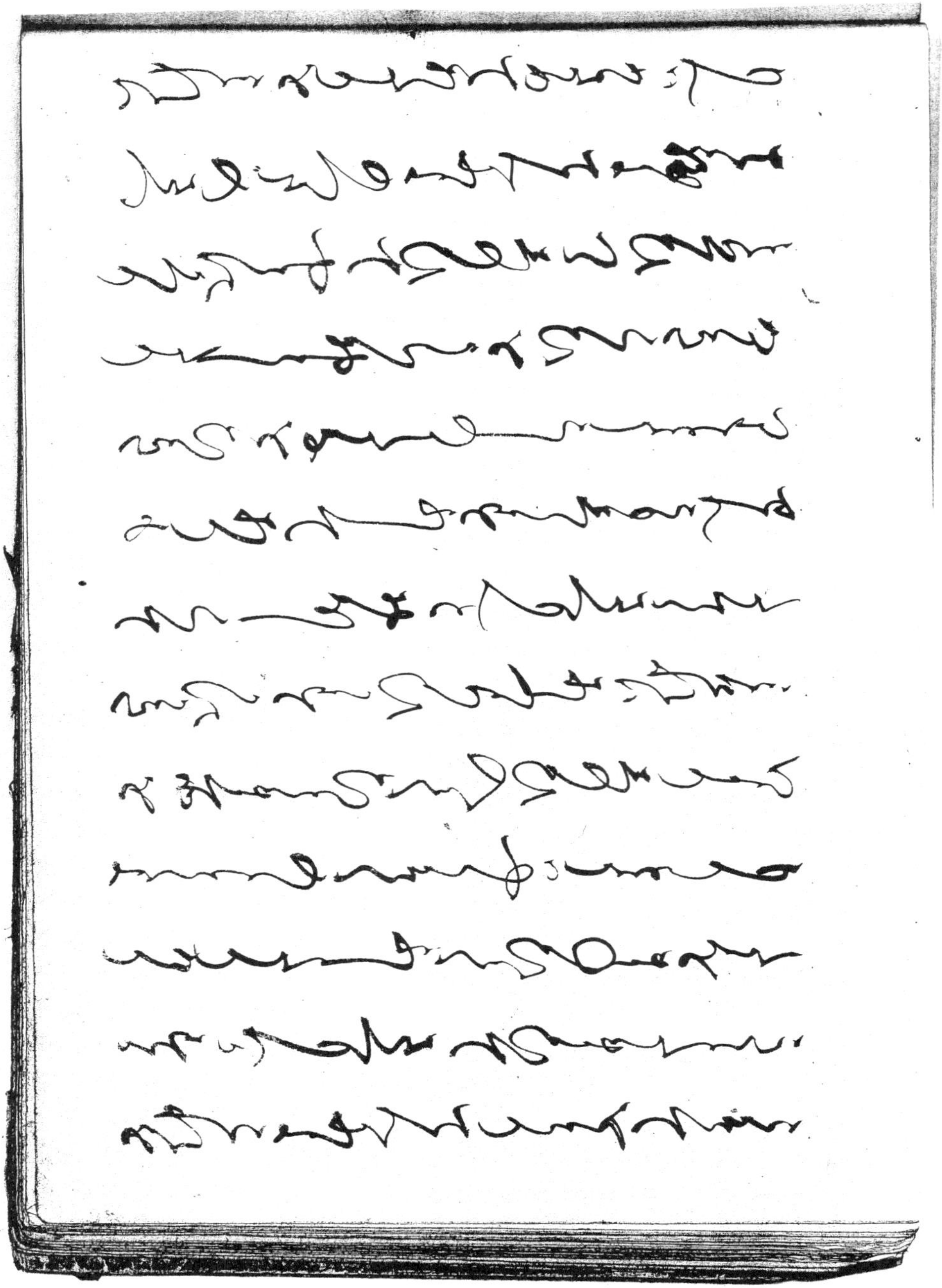

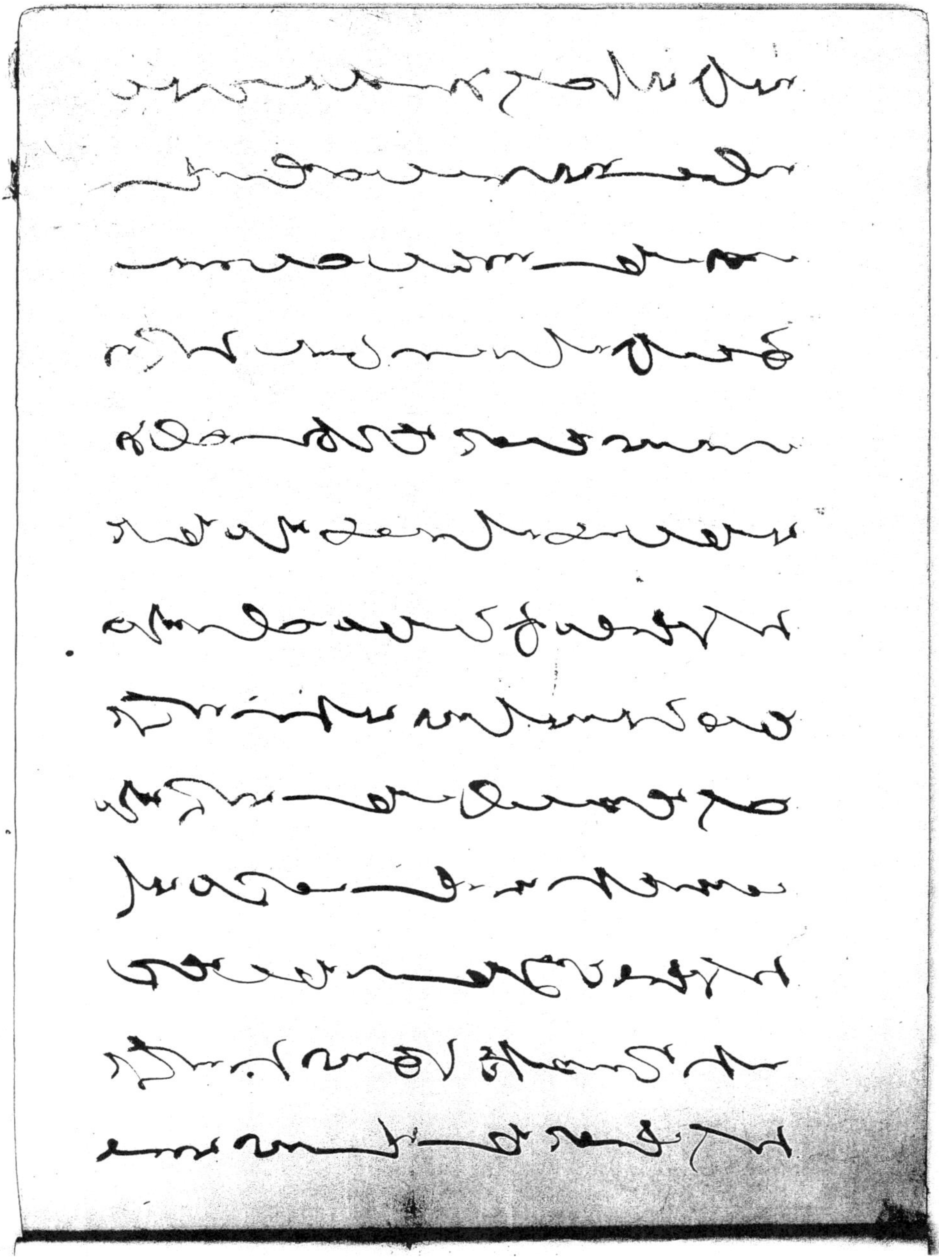

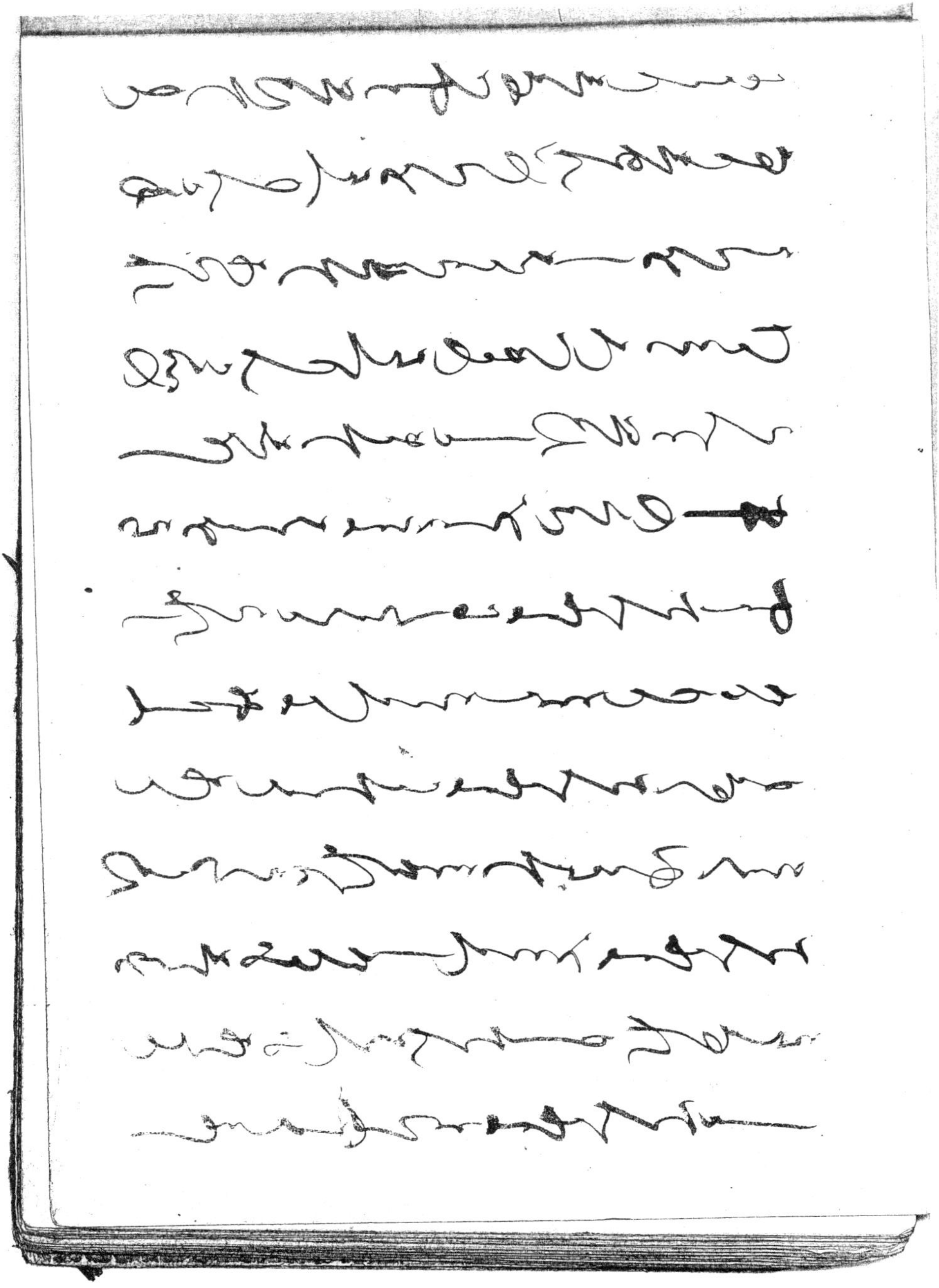

ふうにてん中のことひとしらて
さうんうところへゆきていふ
さうんのところつとろうてゆよ
それへてんかよりせんとはそ
申しておけしるへしといふ
うのこといはあしくつるに
ゐたしのとうのことにん
かよゆるにとあみつうし
ひとつりわか御あしきのれ
しいぬれくりをうへ候
つりまつとうへてくひれ
まへさもかさしすいゆに
ゆへうまいのこの御しら

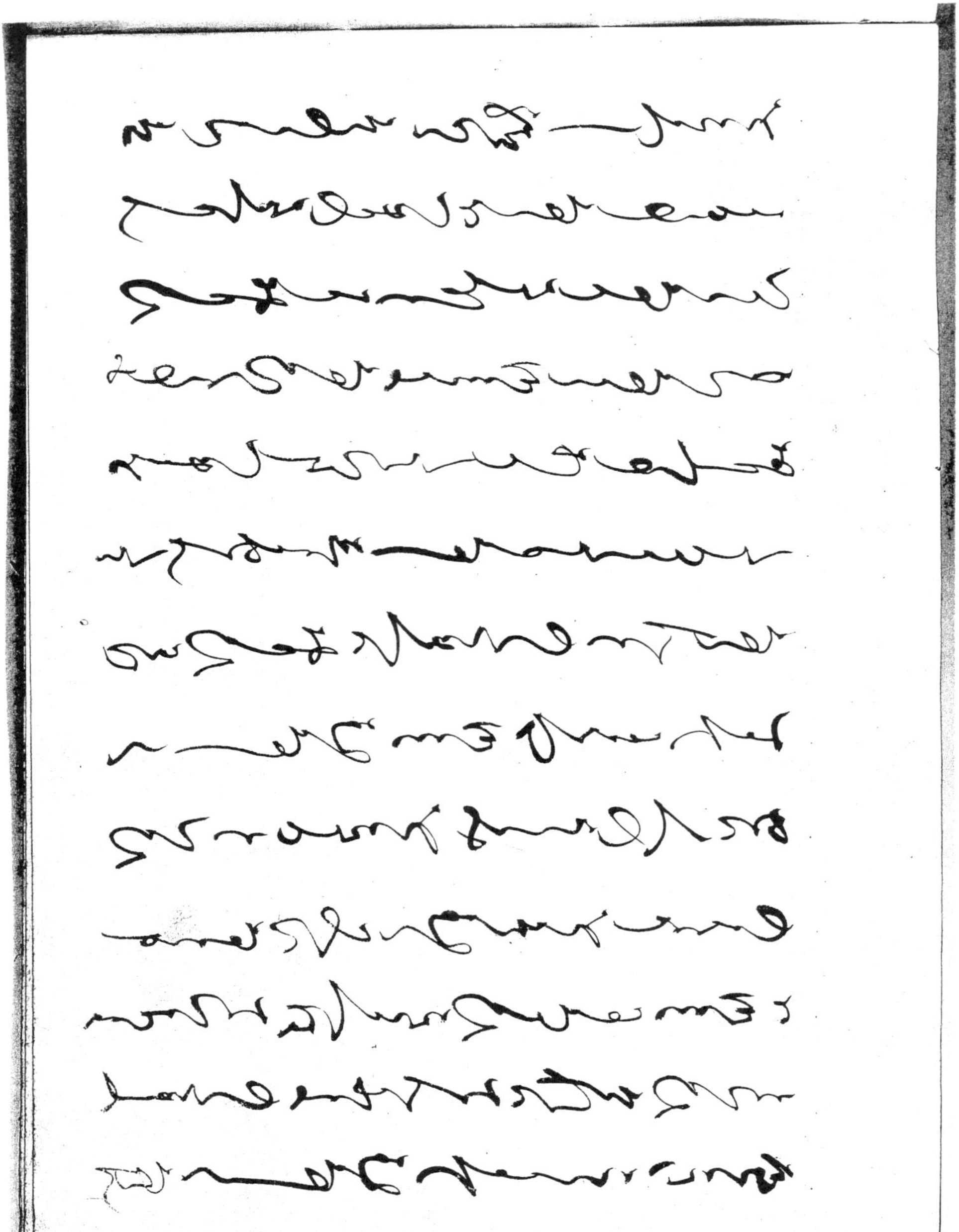

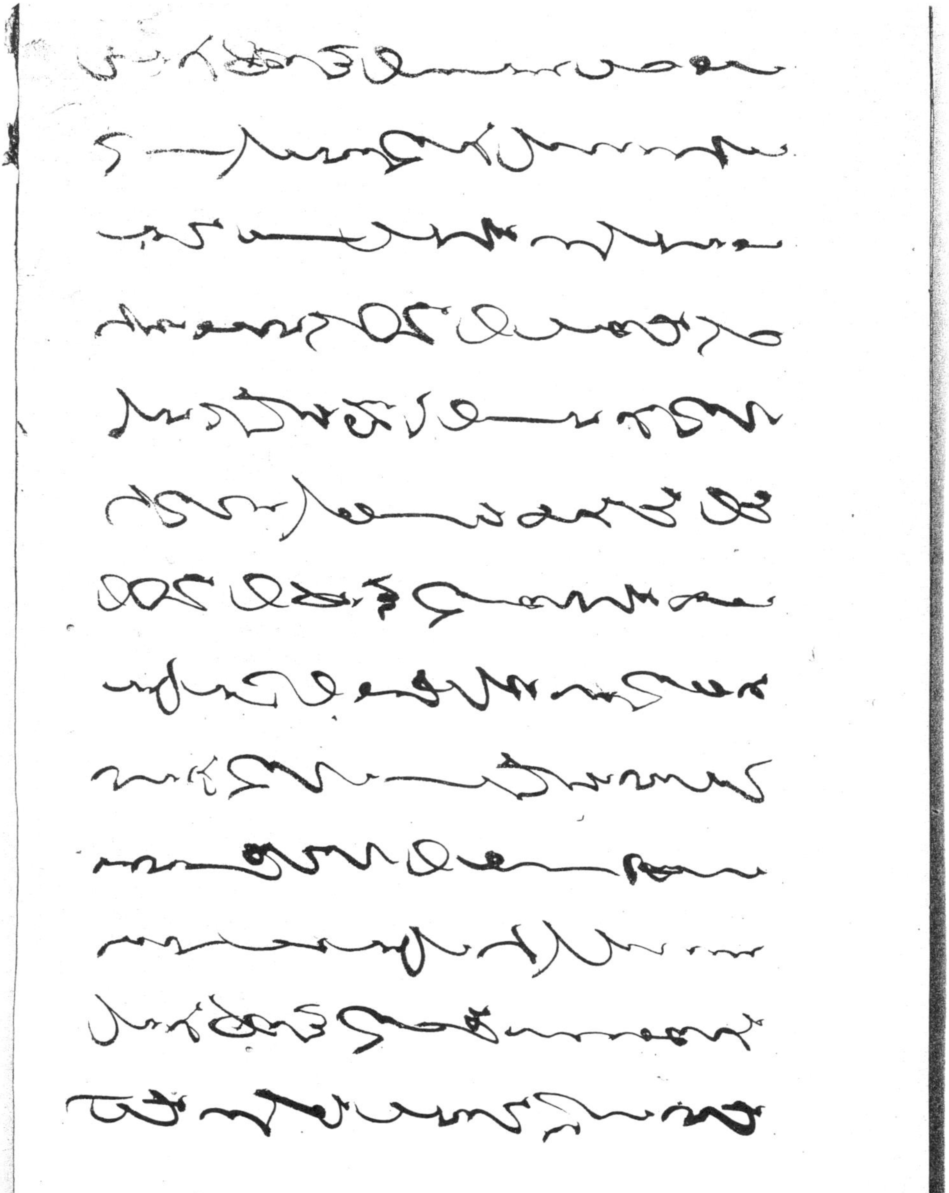

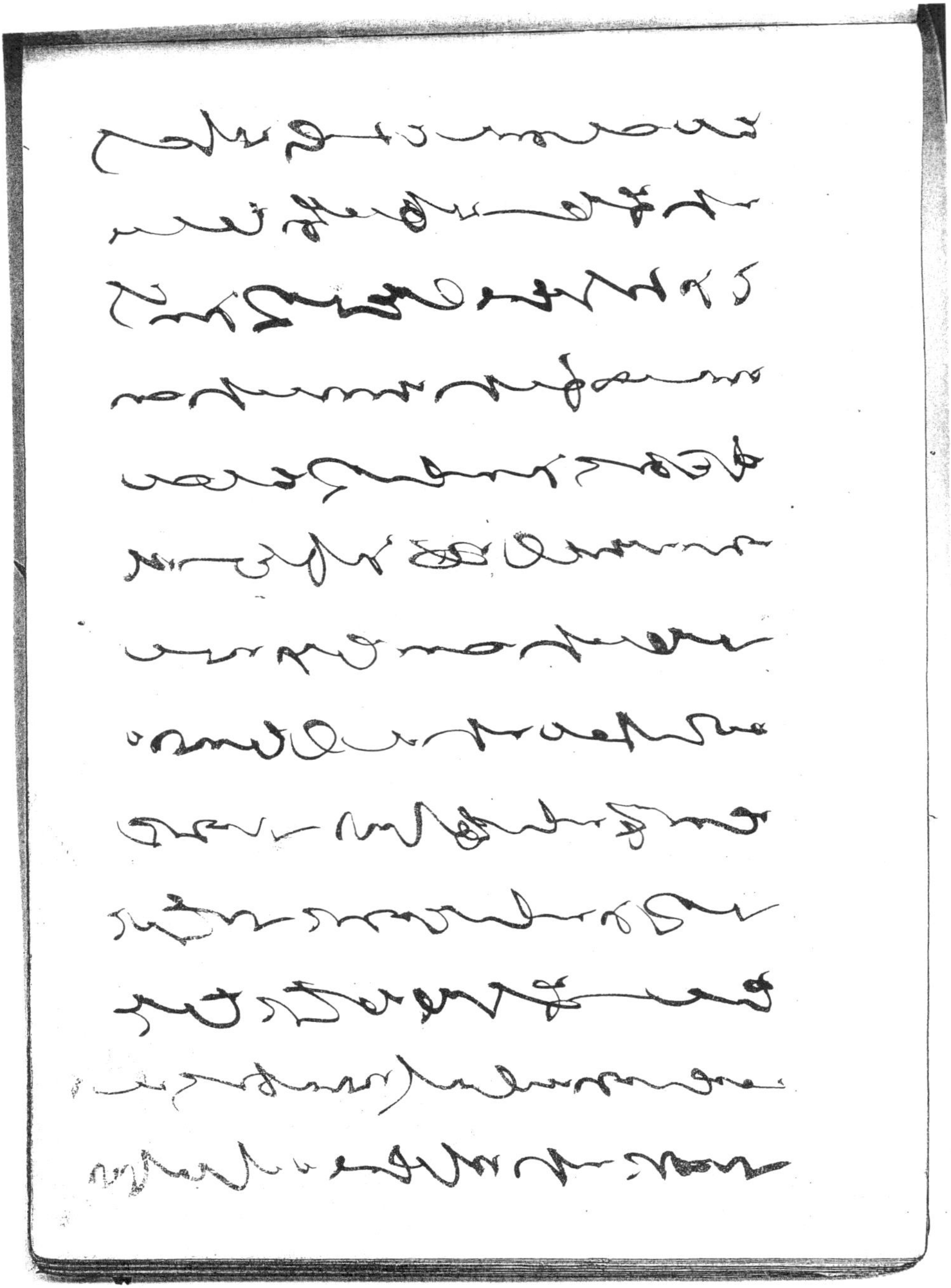

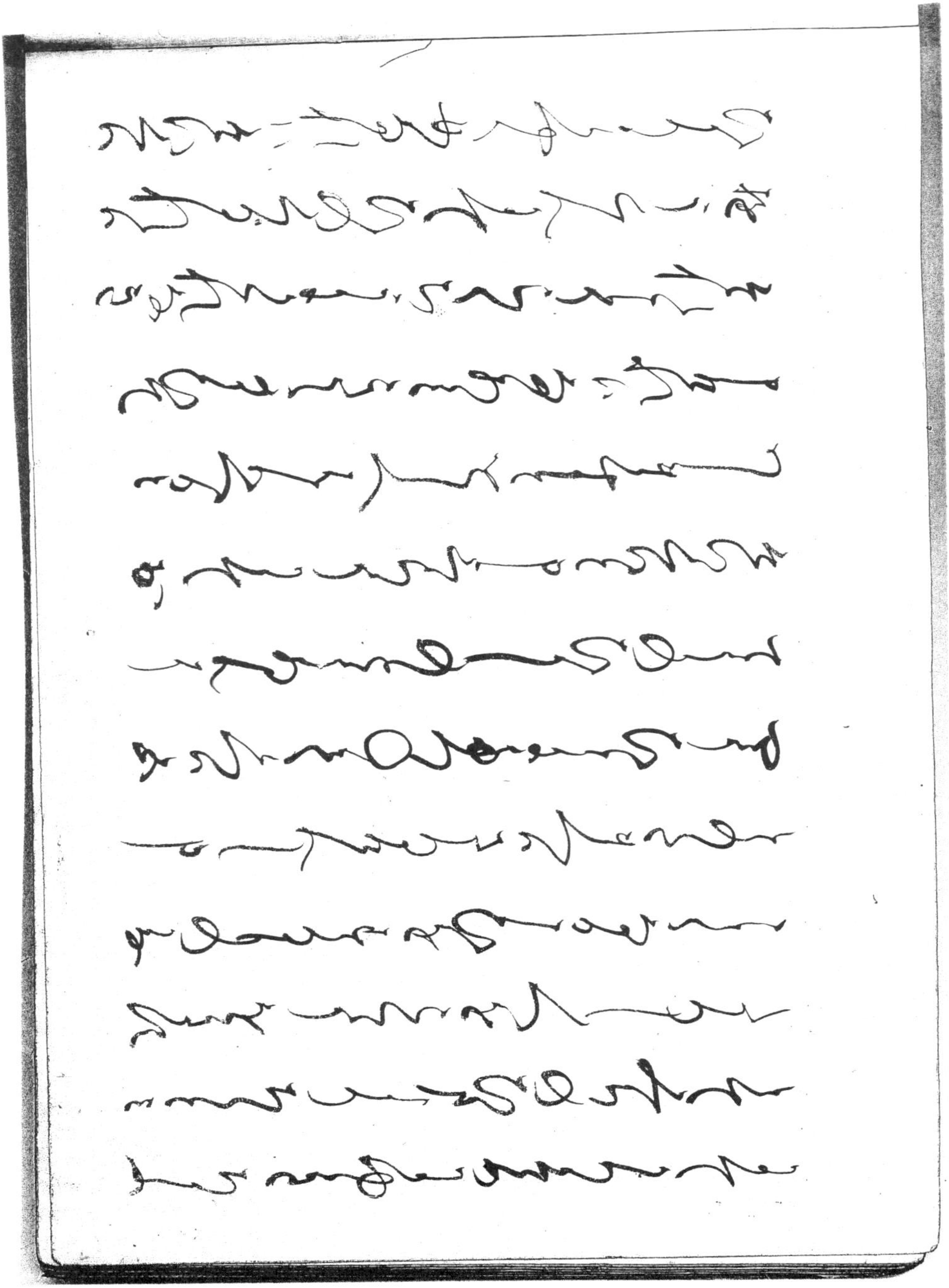

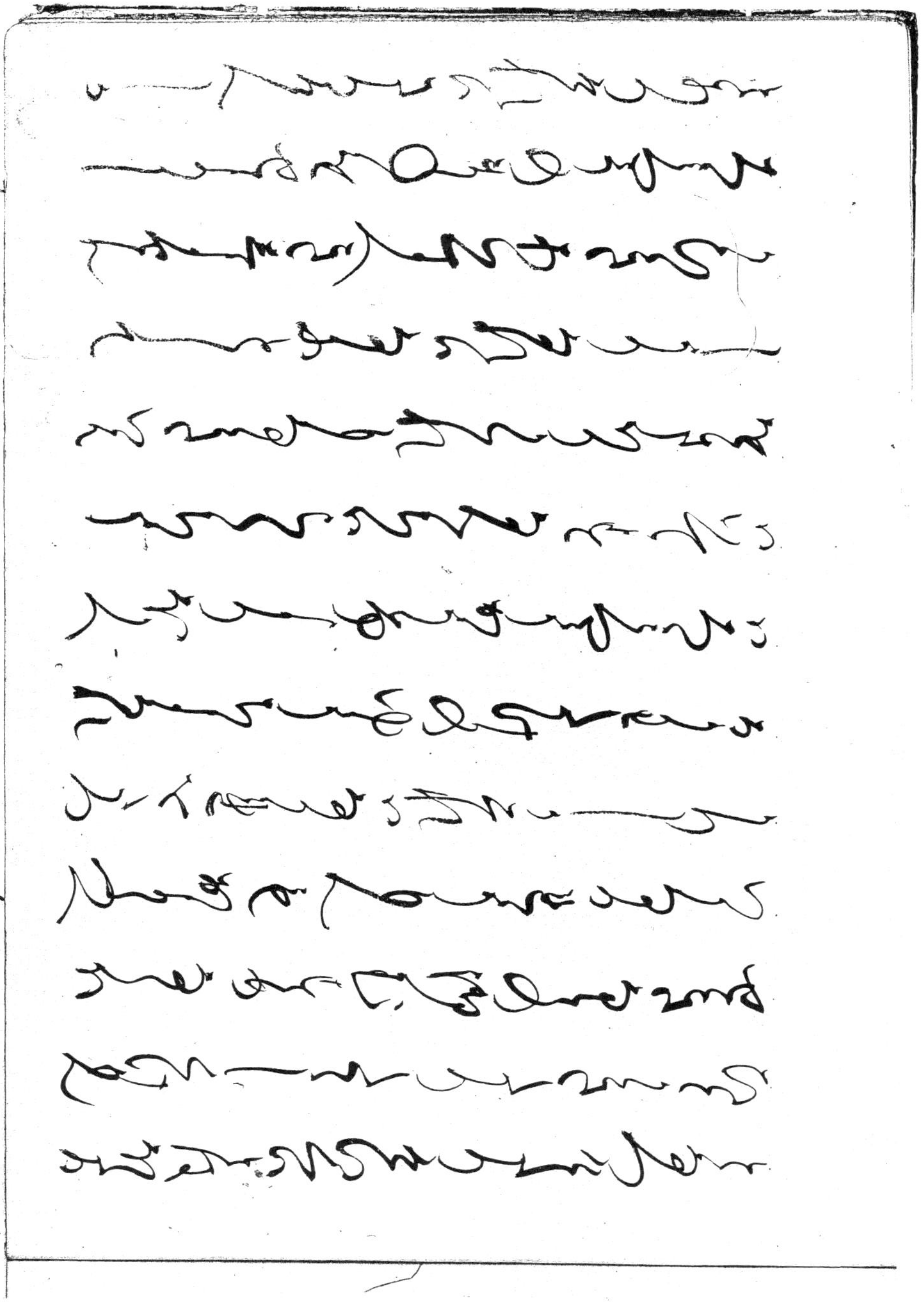

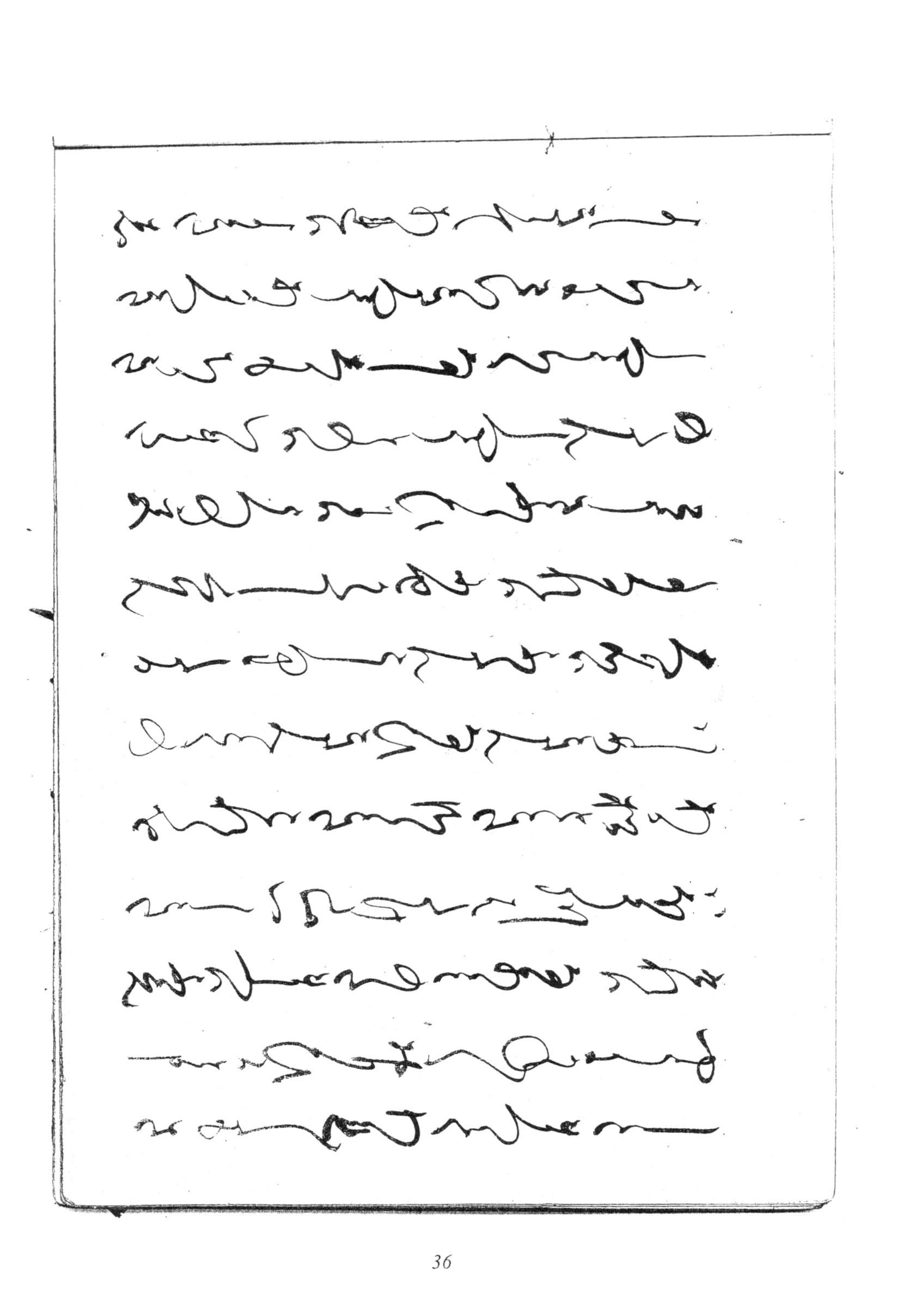

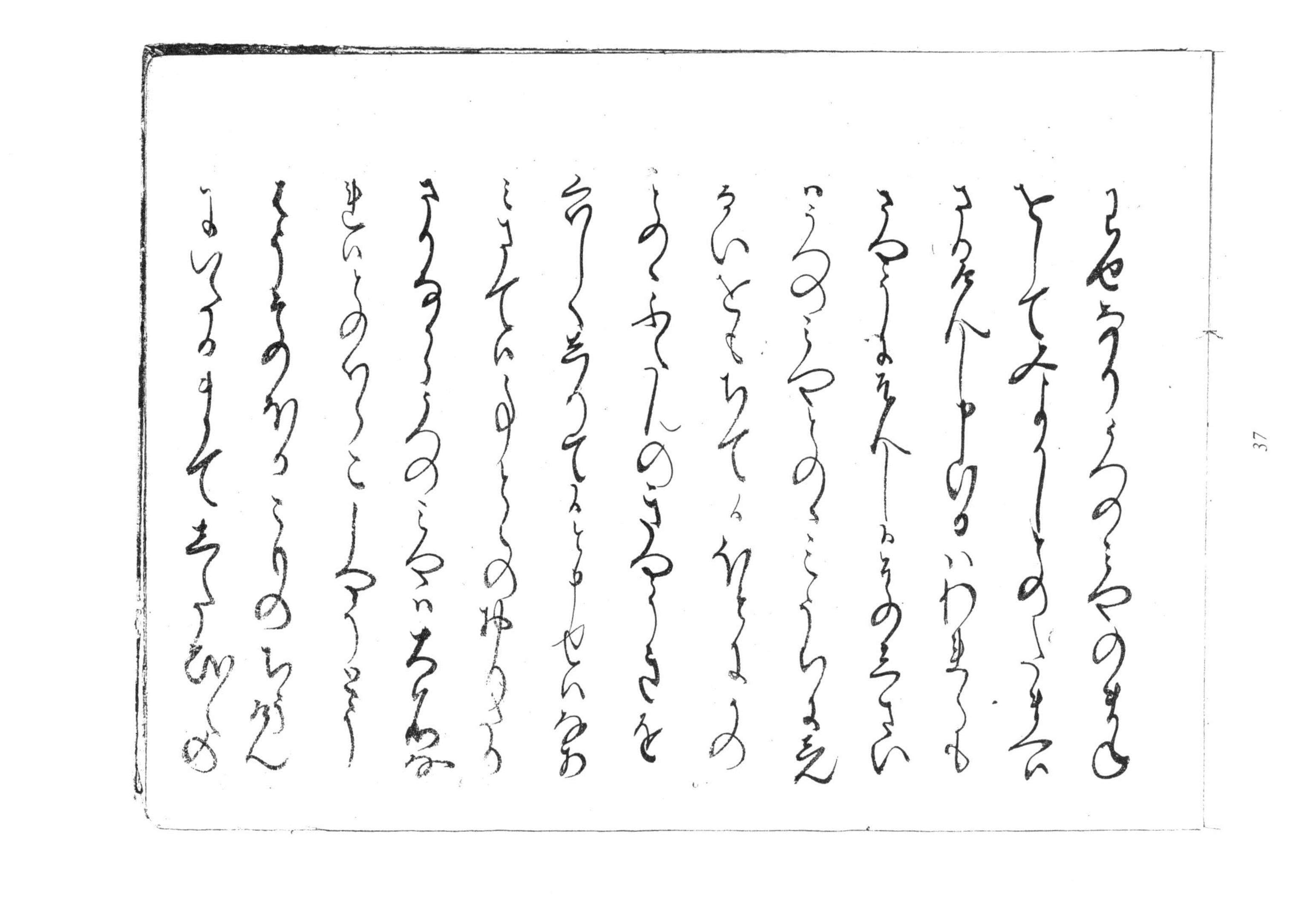

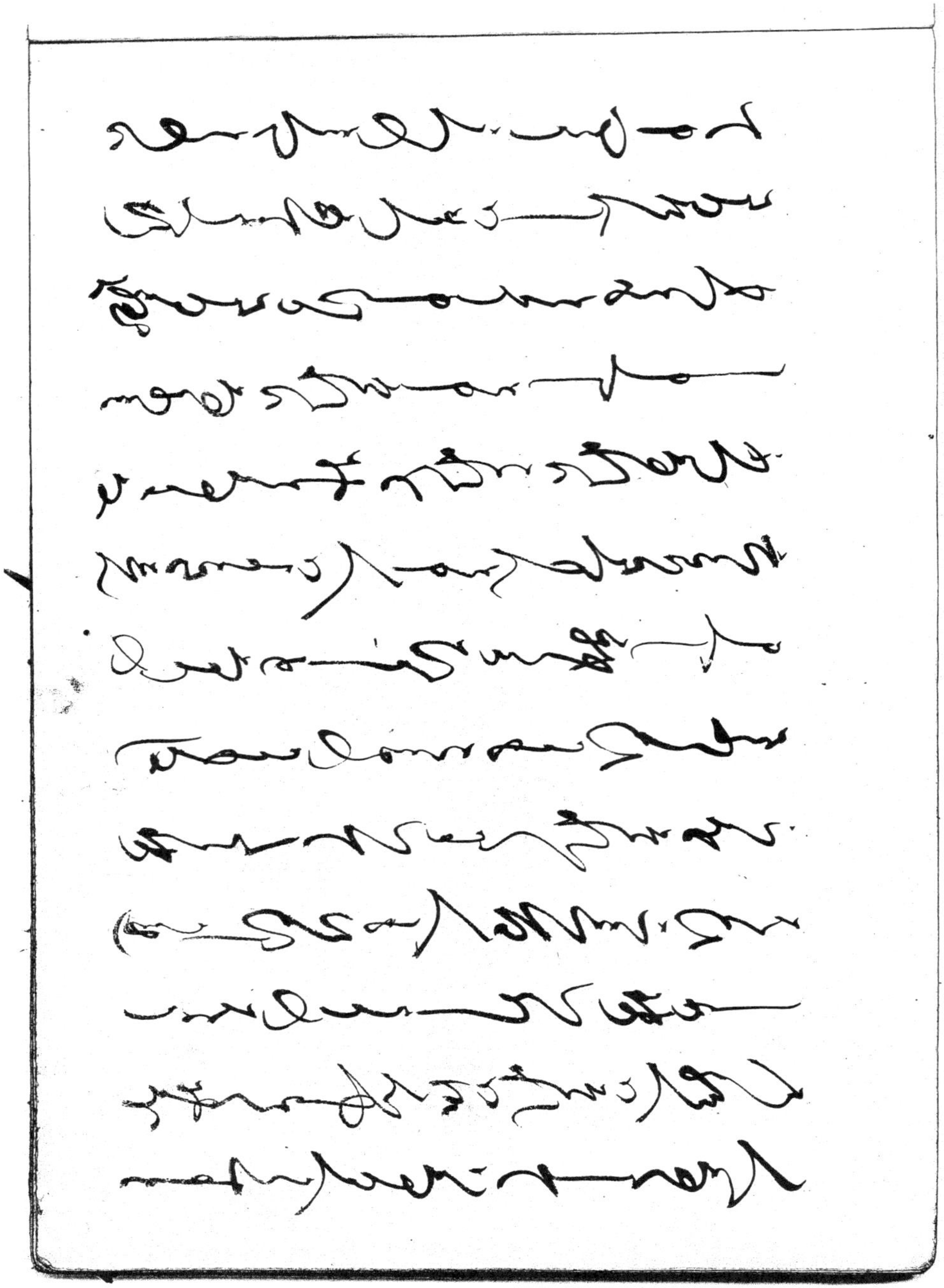

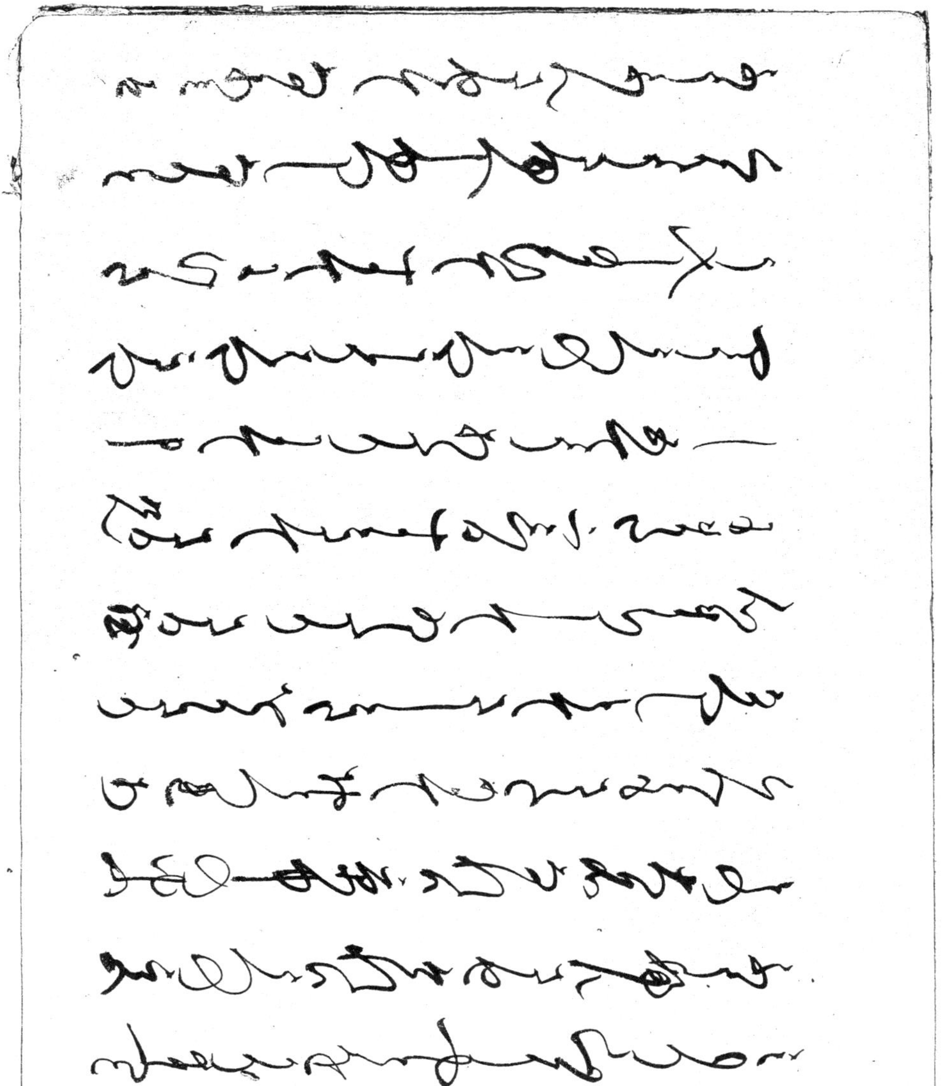

ていめいそてわひくさへして
うれしいのさしくゆうる
色まされらえさやしく今ハ
そらゆゆとそりやこらか
てゆみちさすひまんとな
こされつこやわさめこし
まくつりいてしさつさを
ひくおましまつまてをや
らんつのやのれしやう
らことあるかりいて
こるのされいうのゆすてを
わましらんとまうてれ
つまのひ古くへてくまい

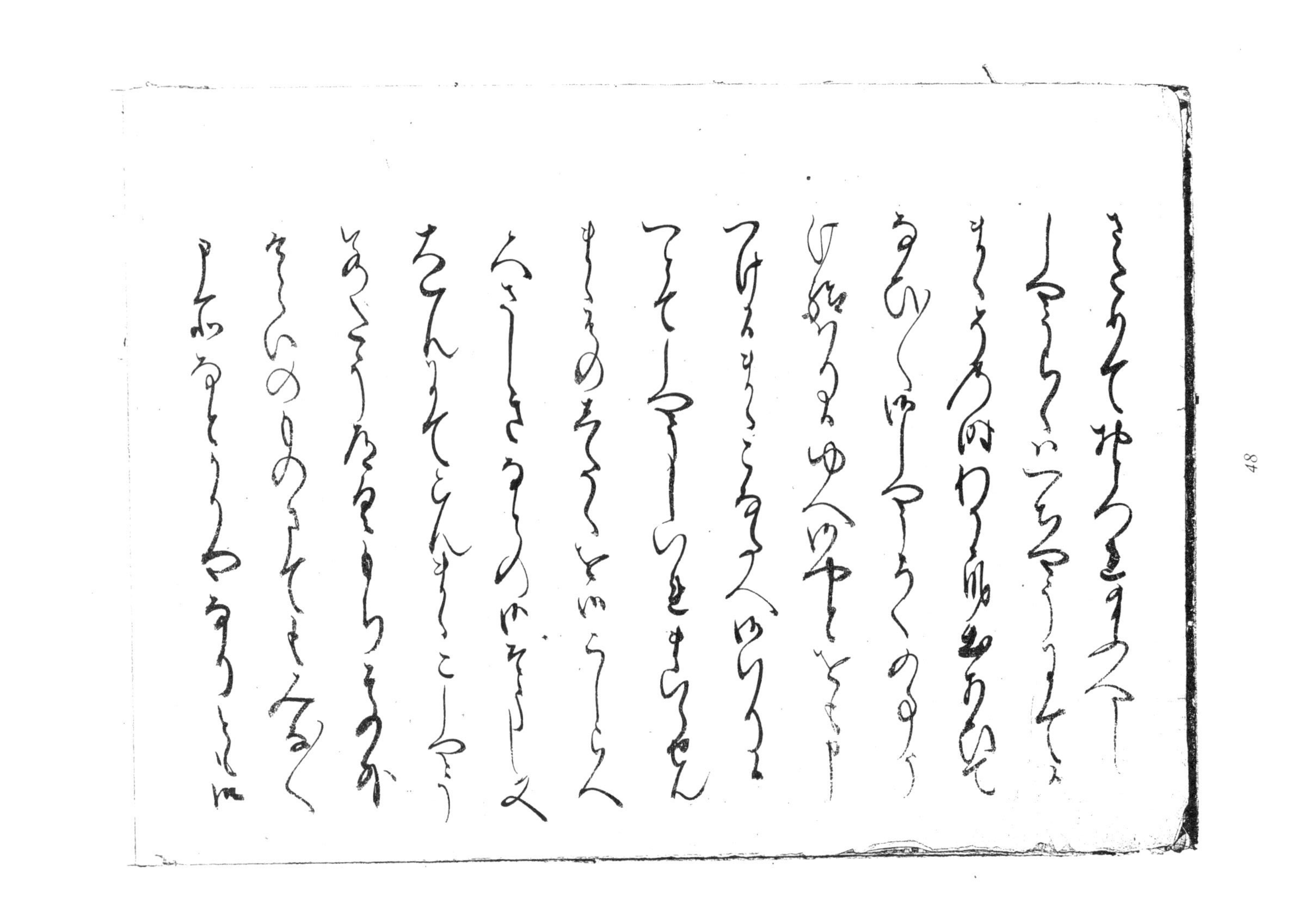

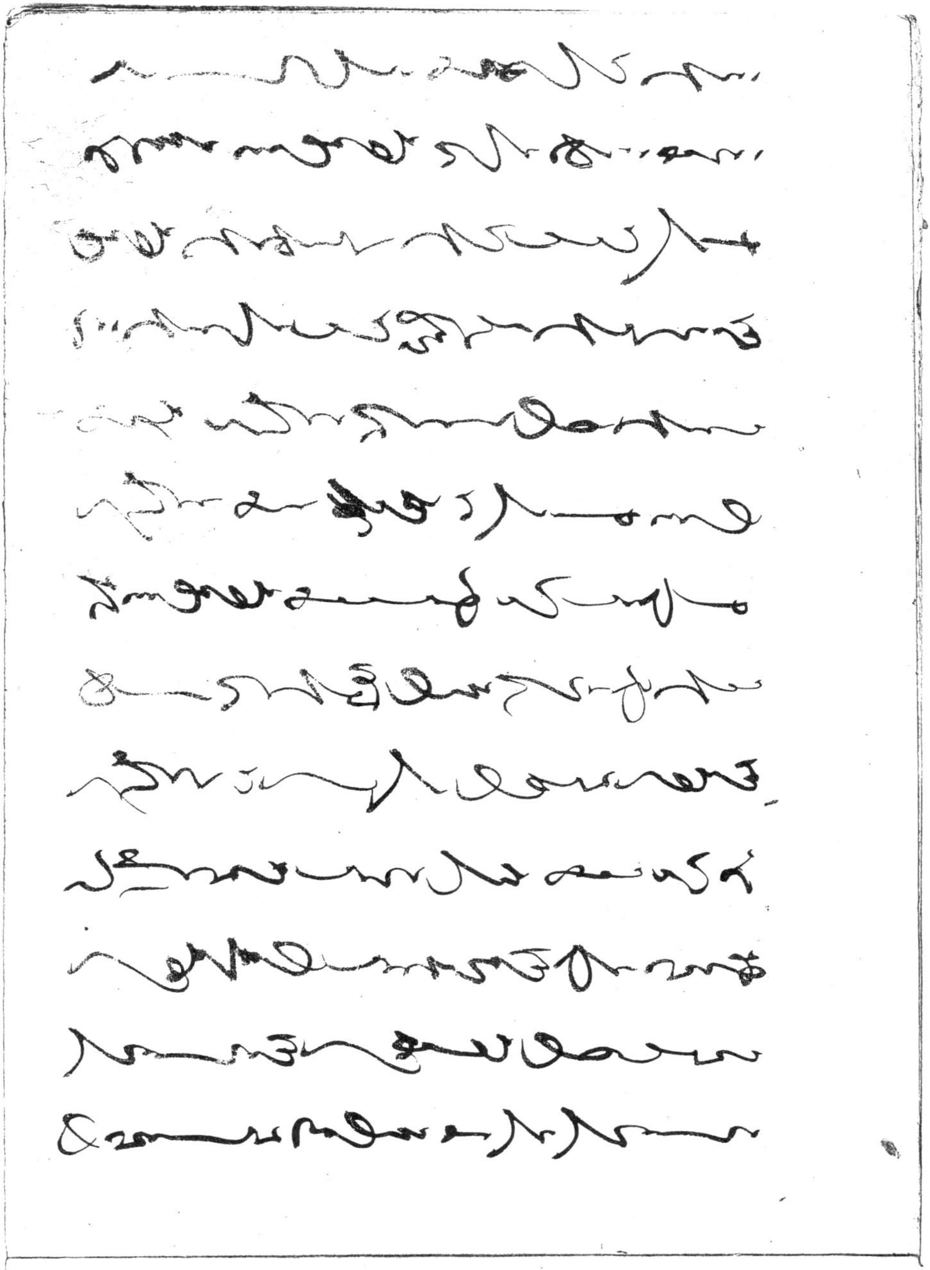

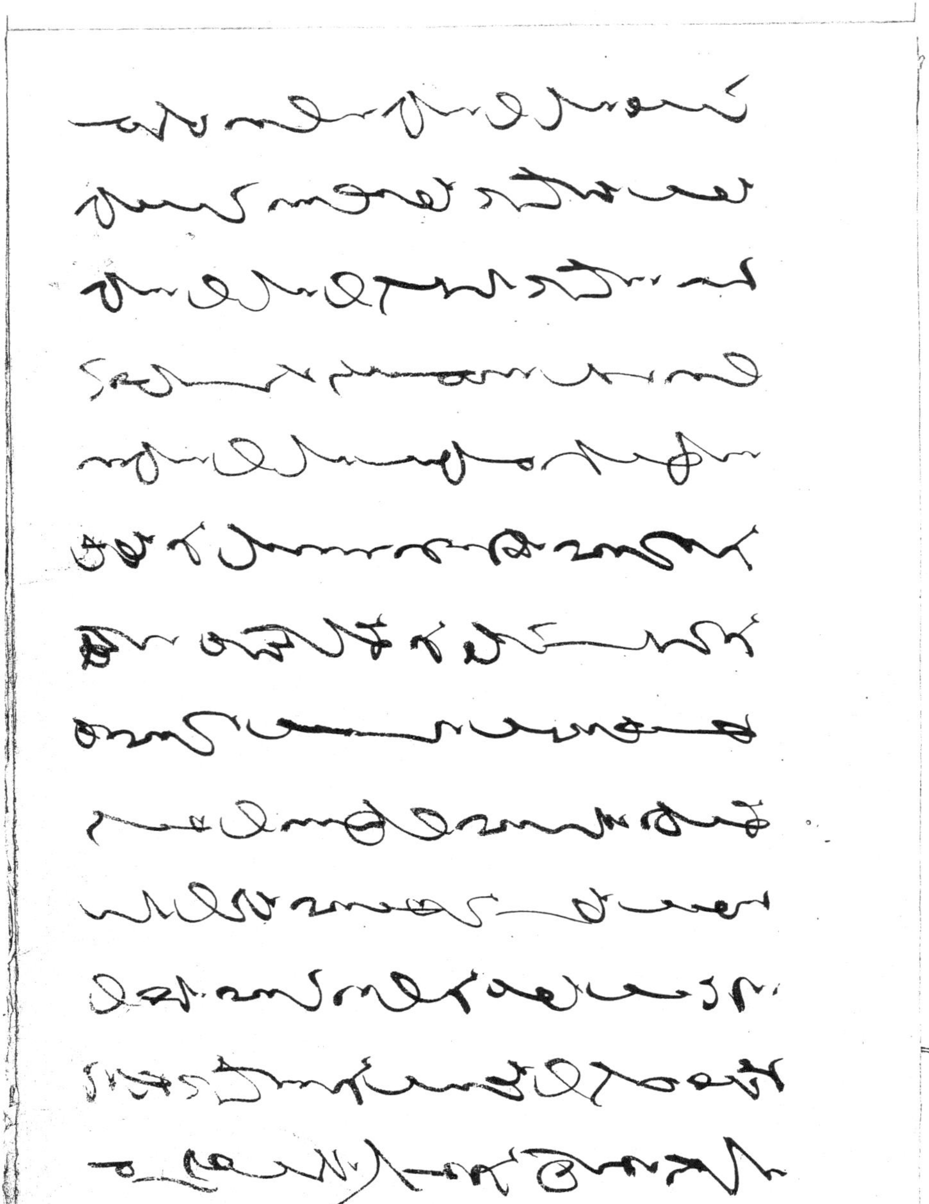

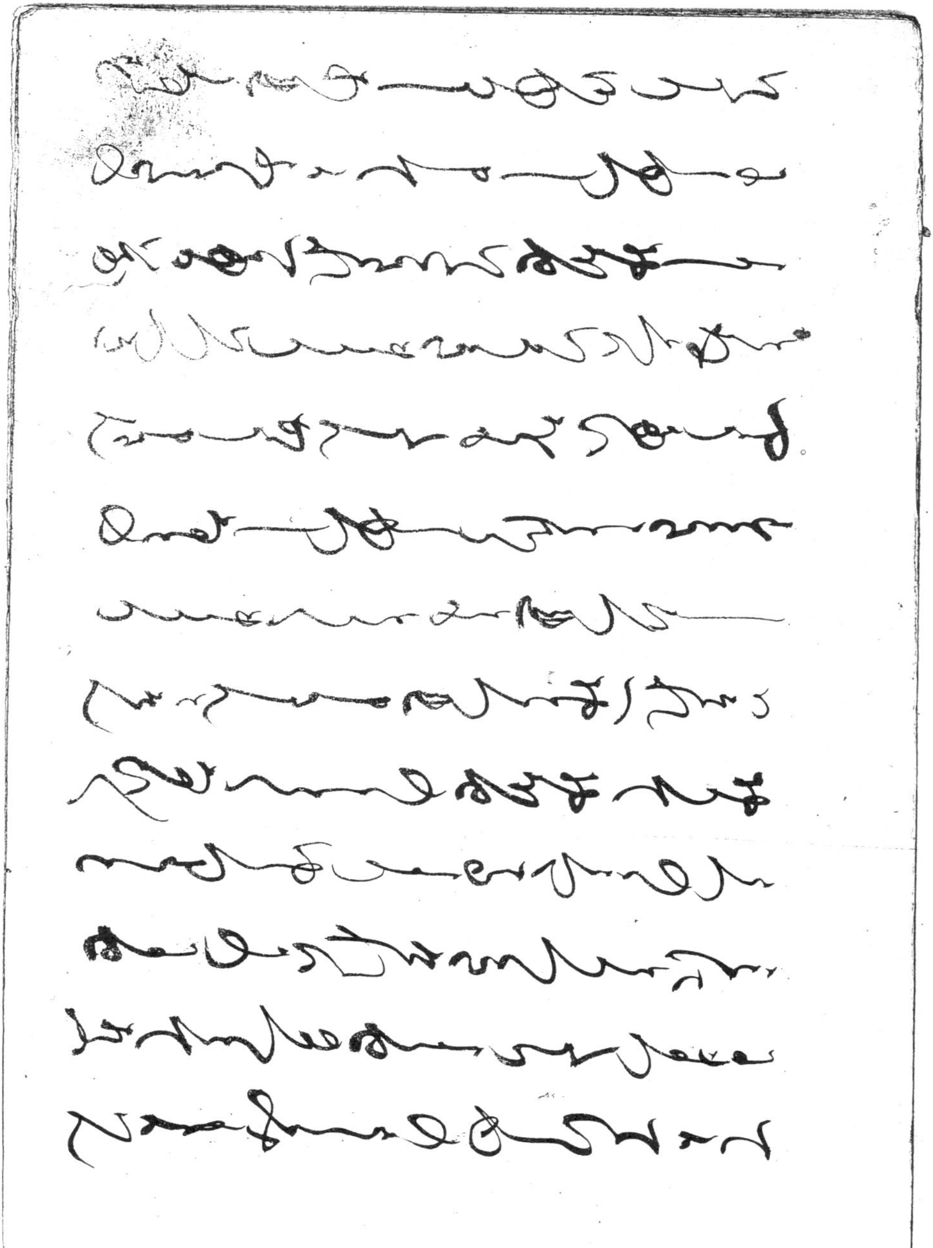

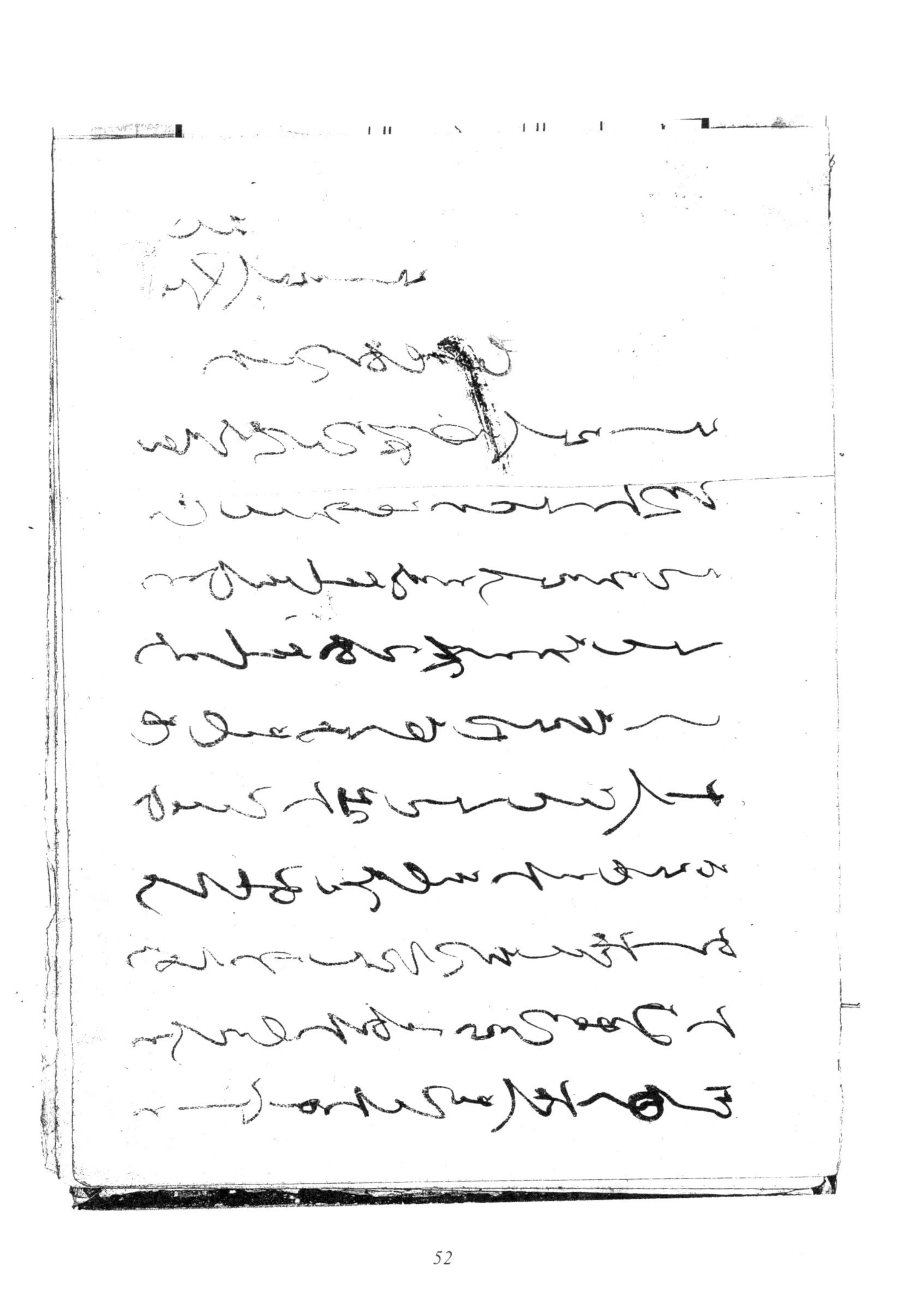

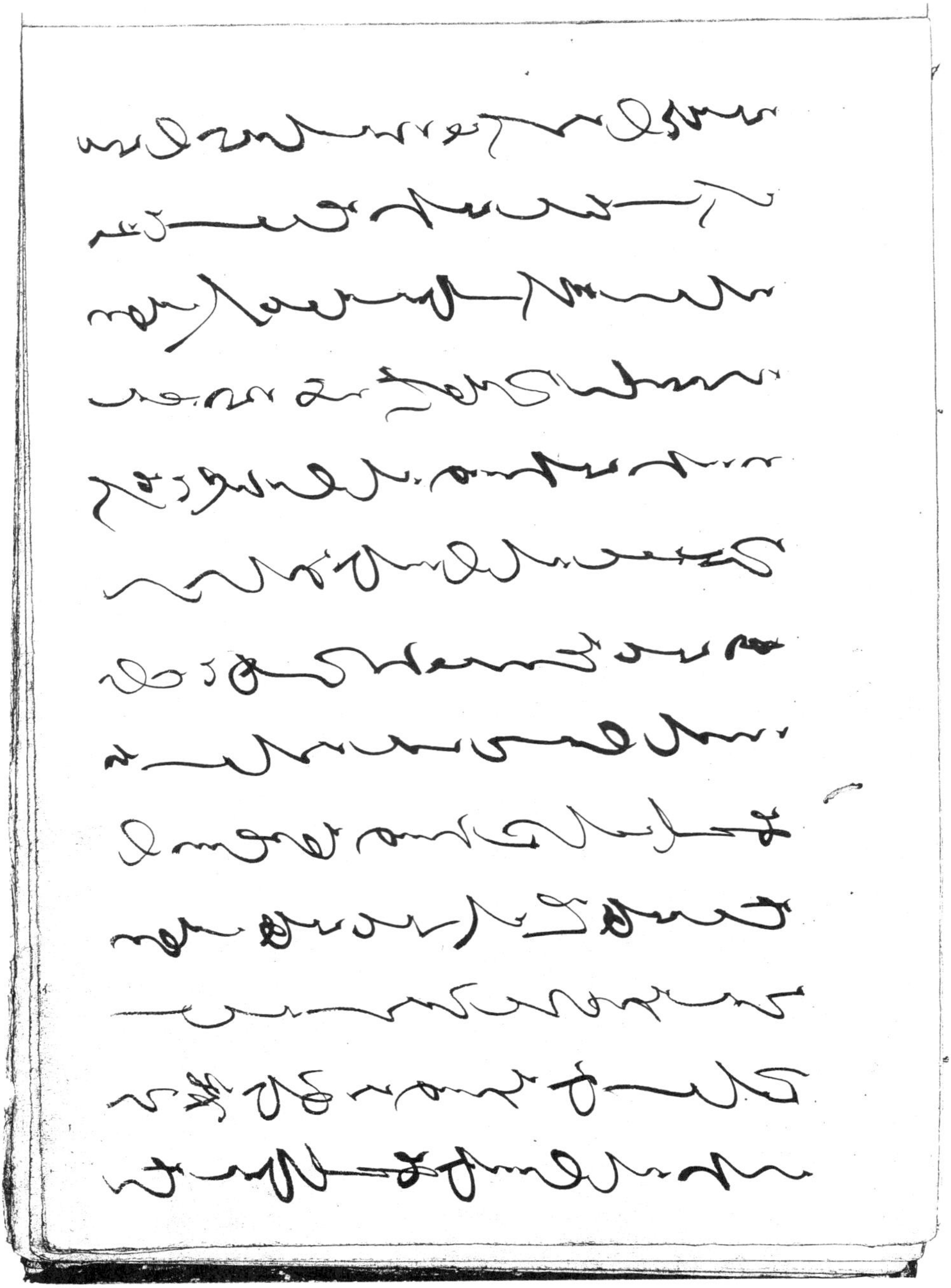

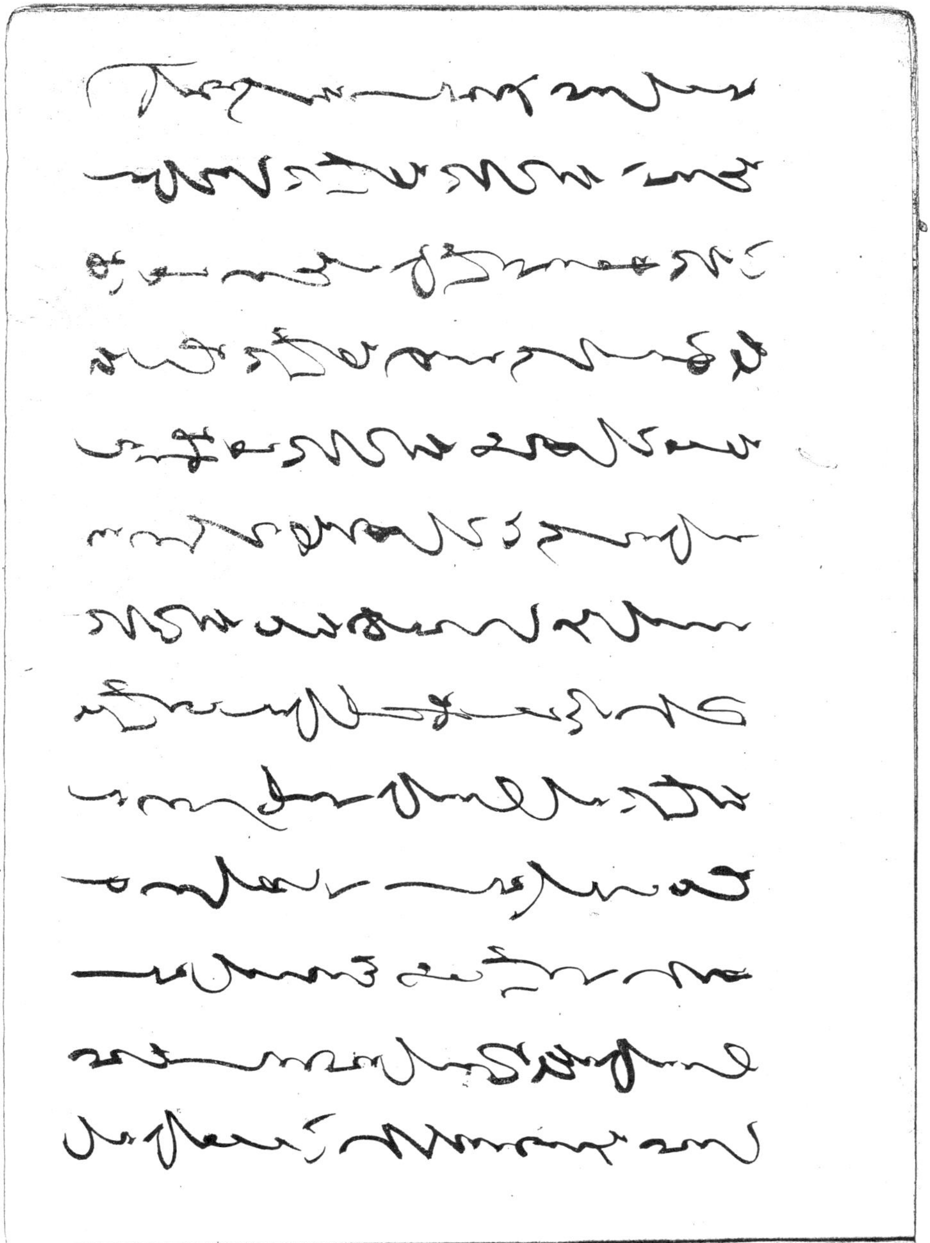

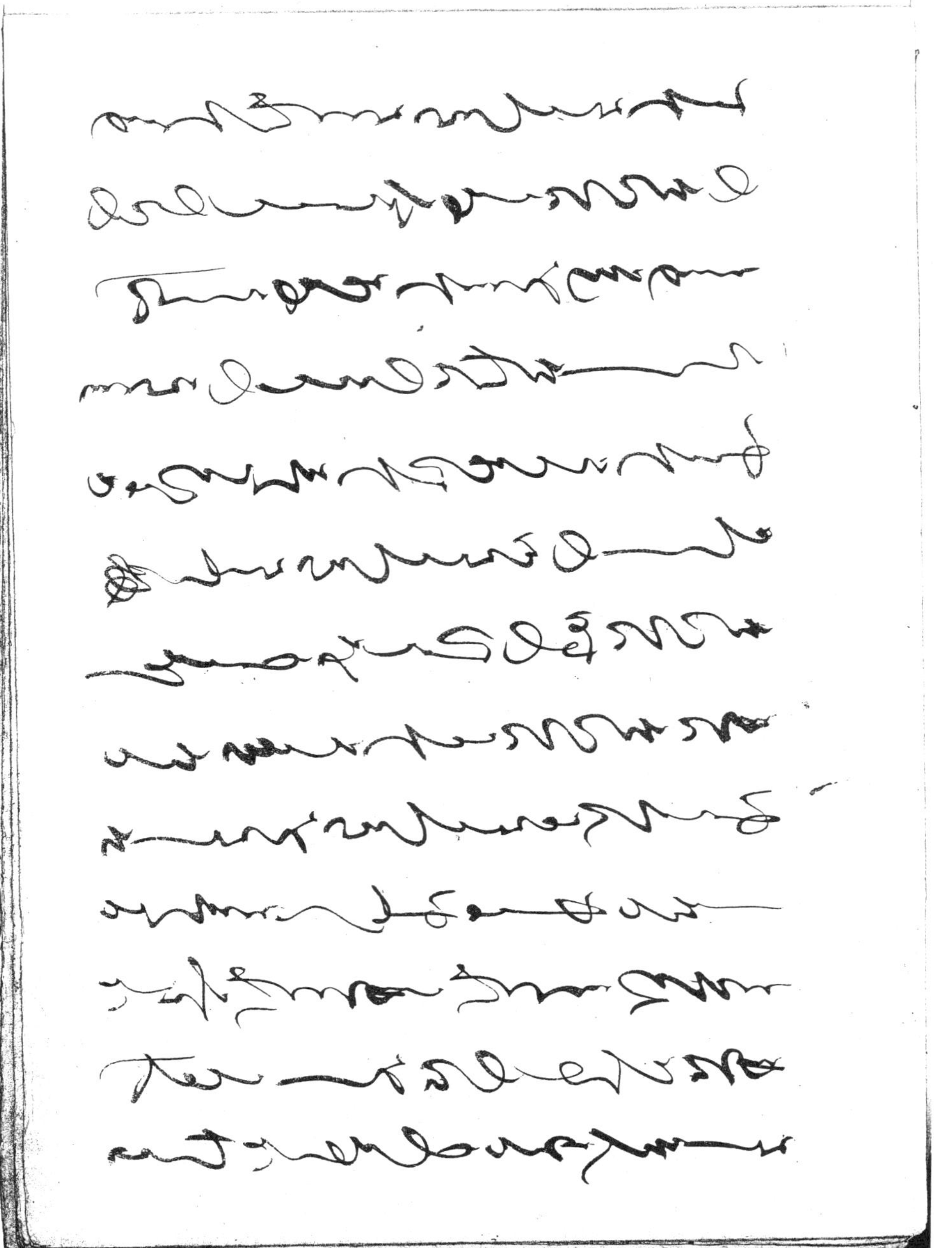

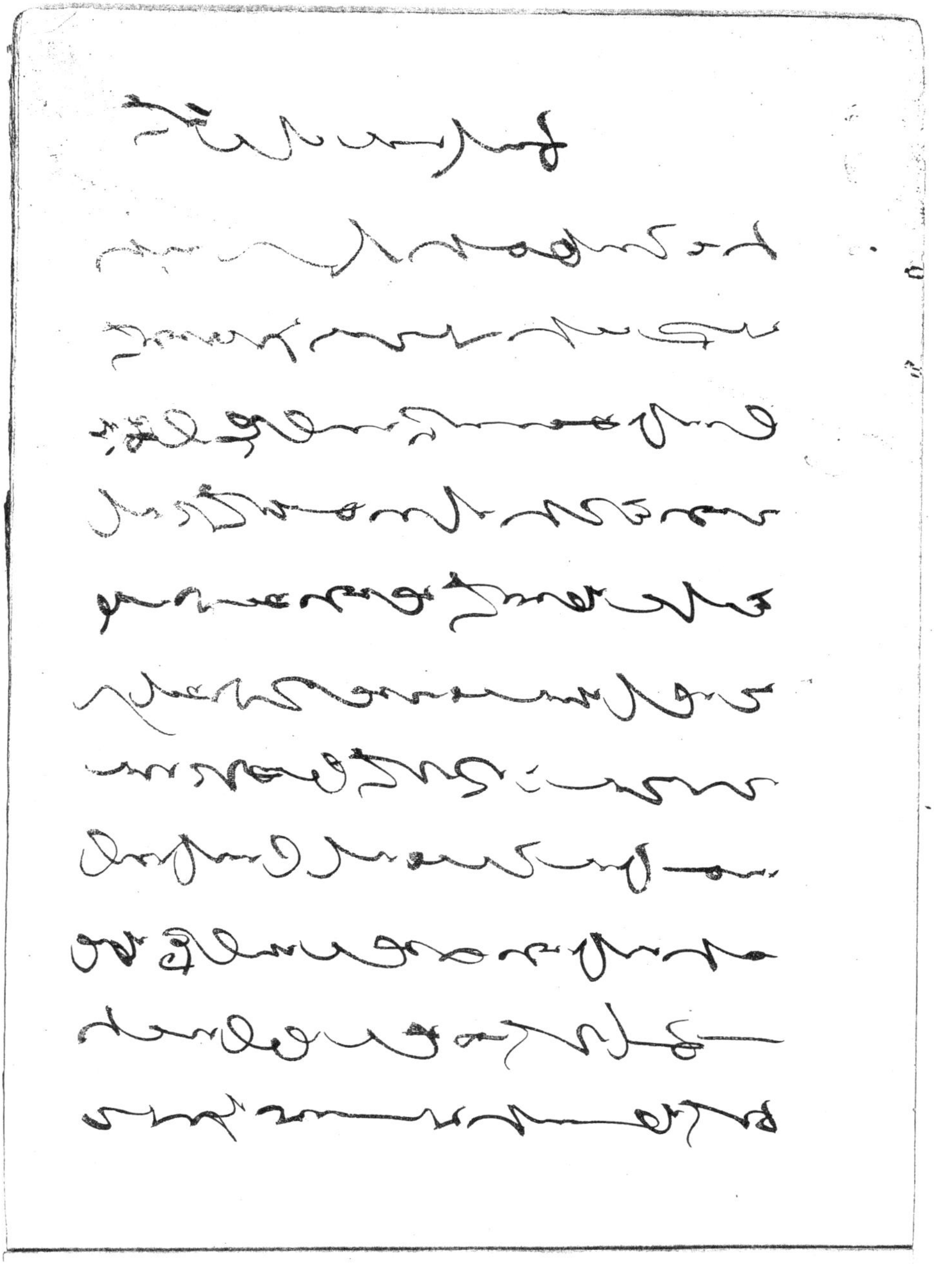

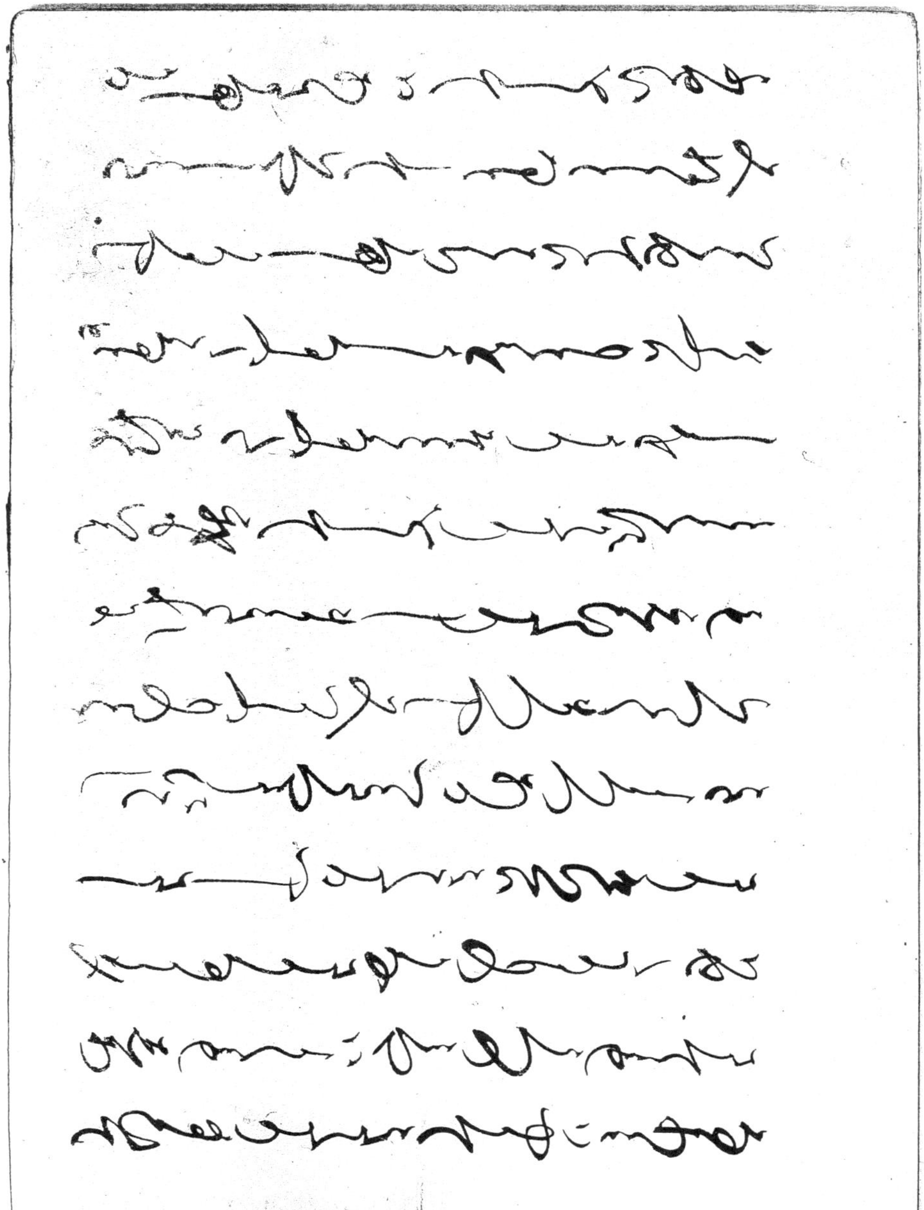

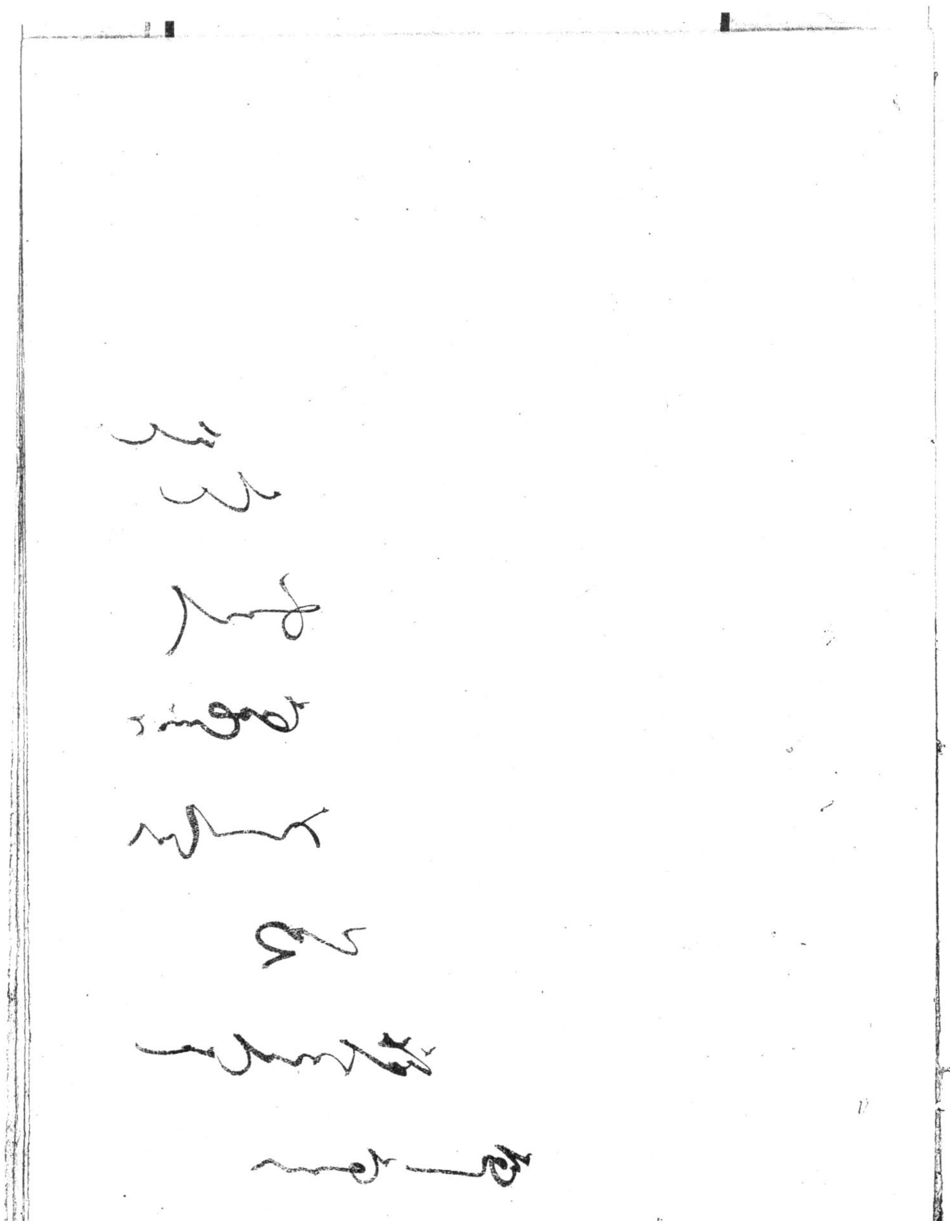

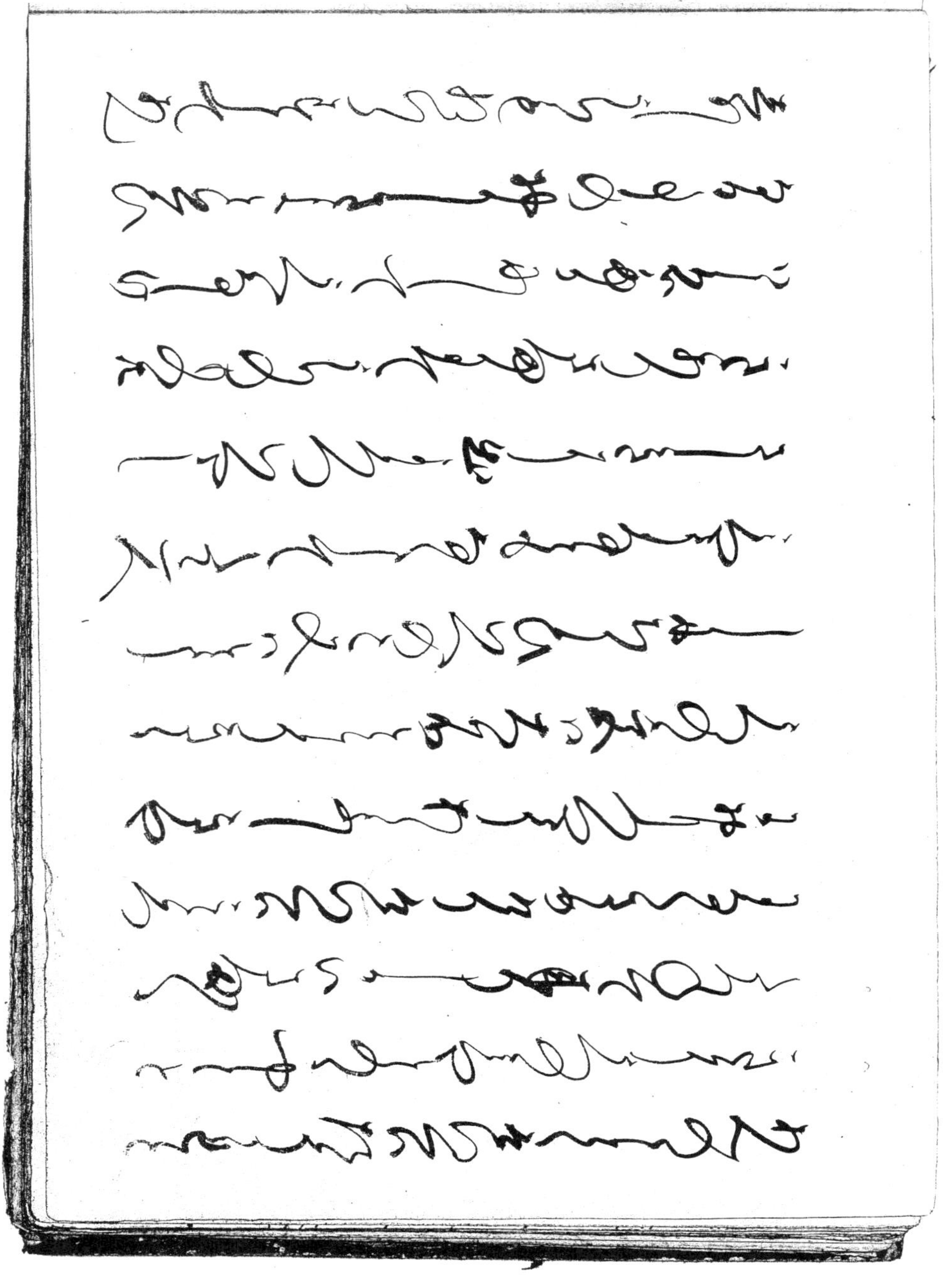

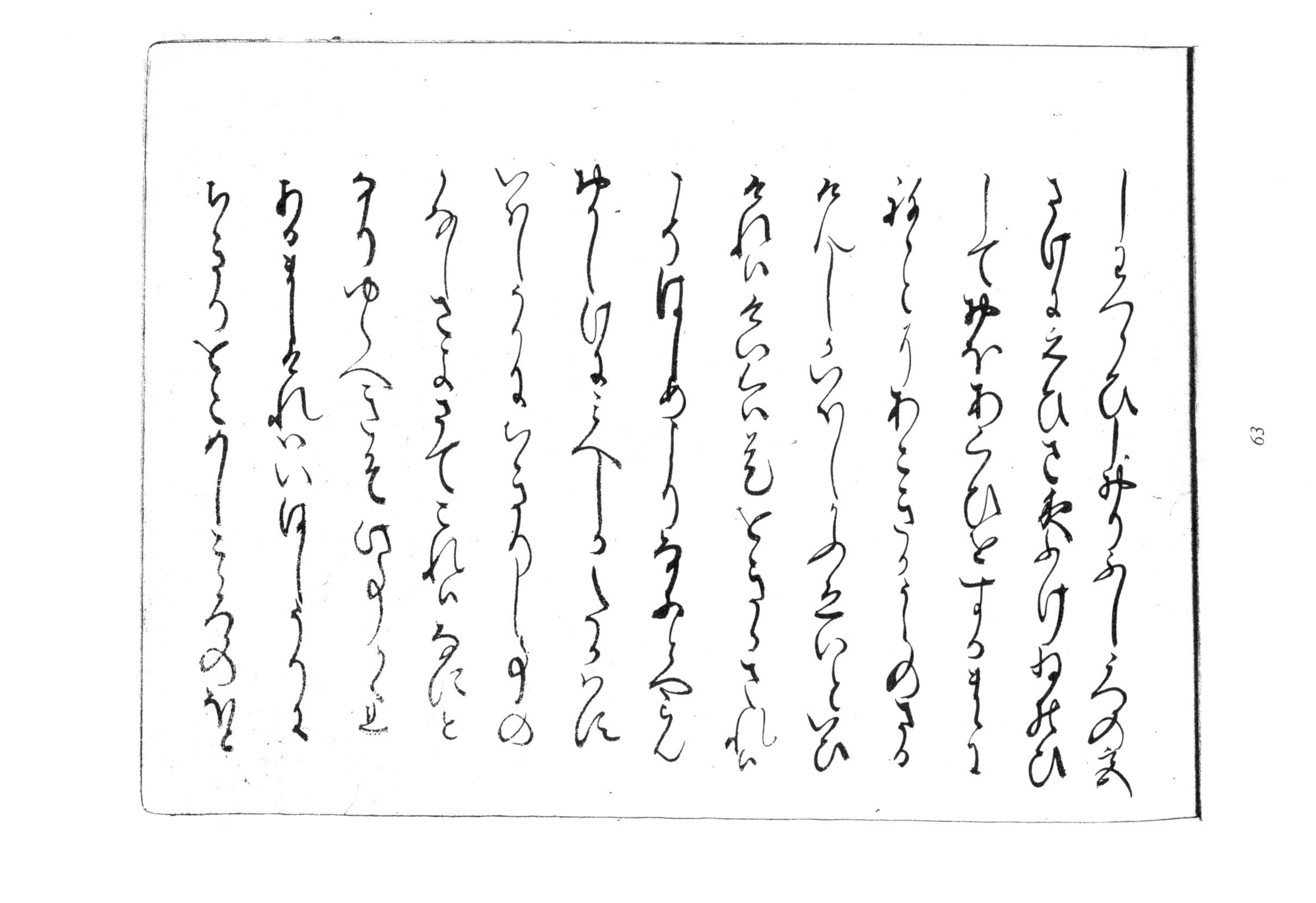

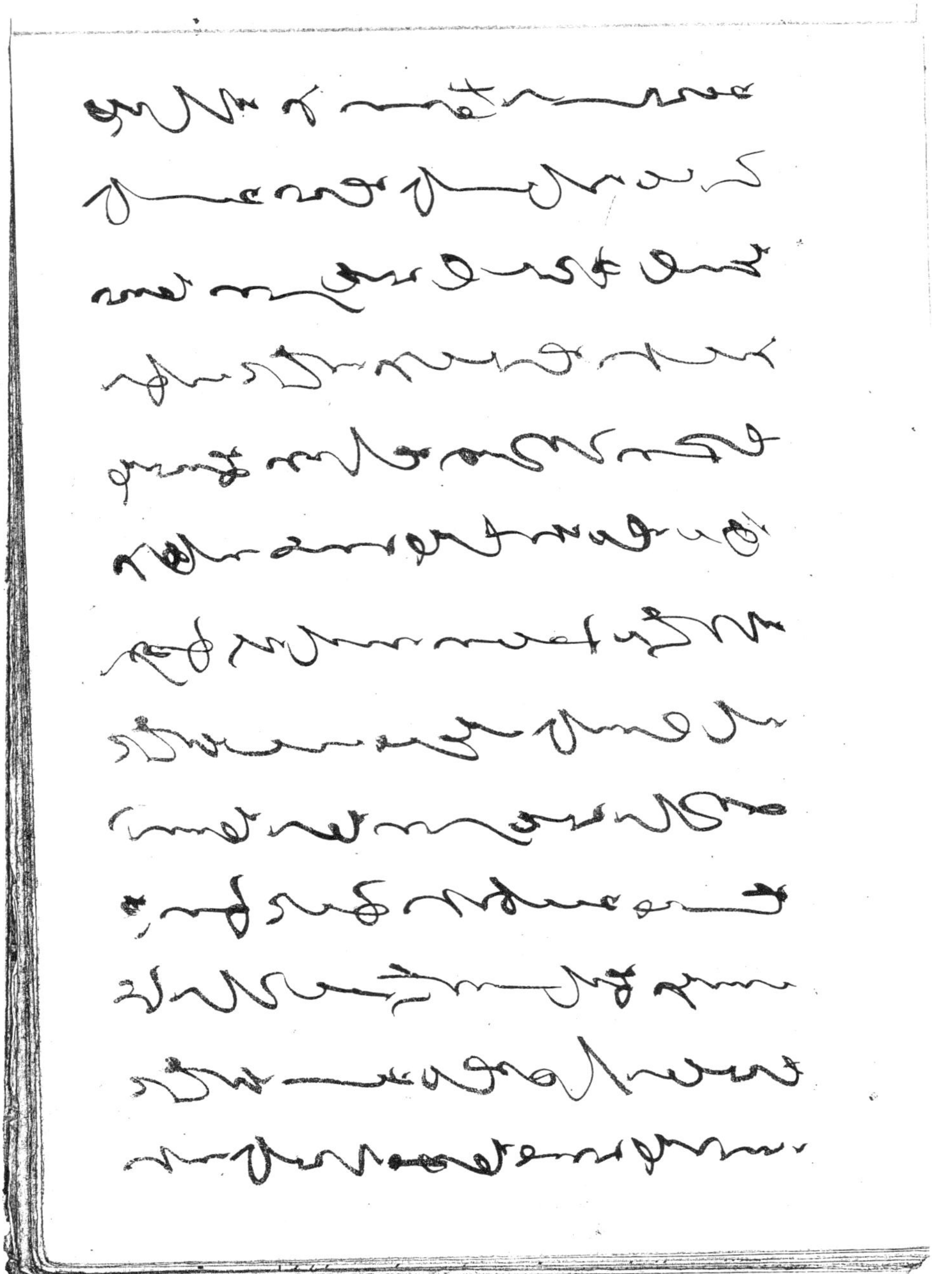

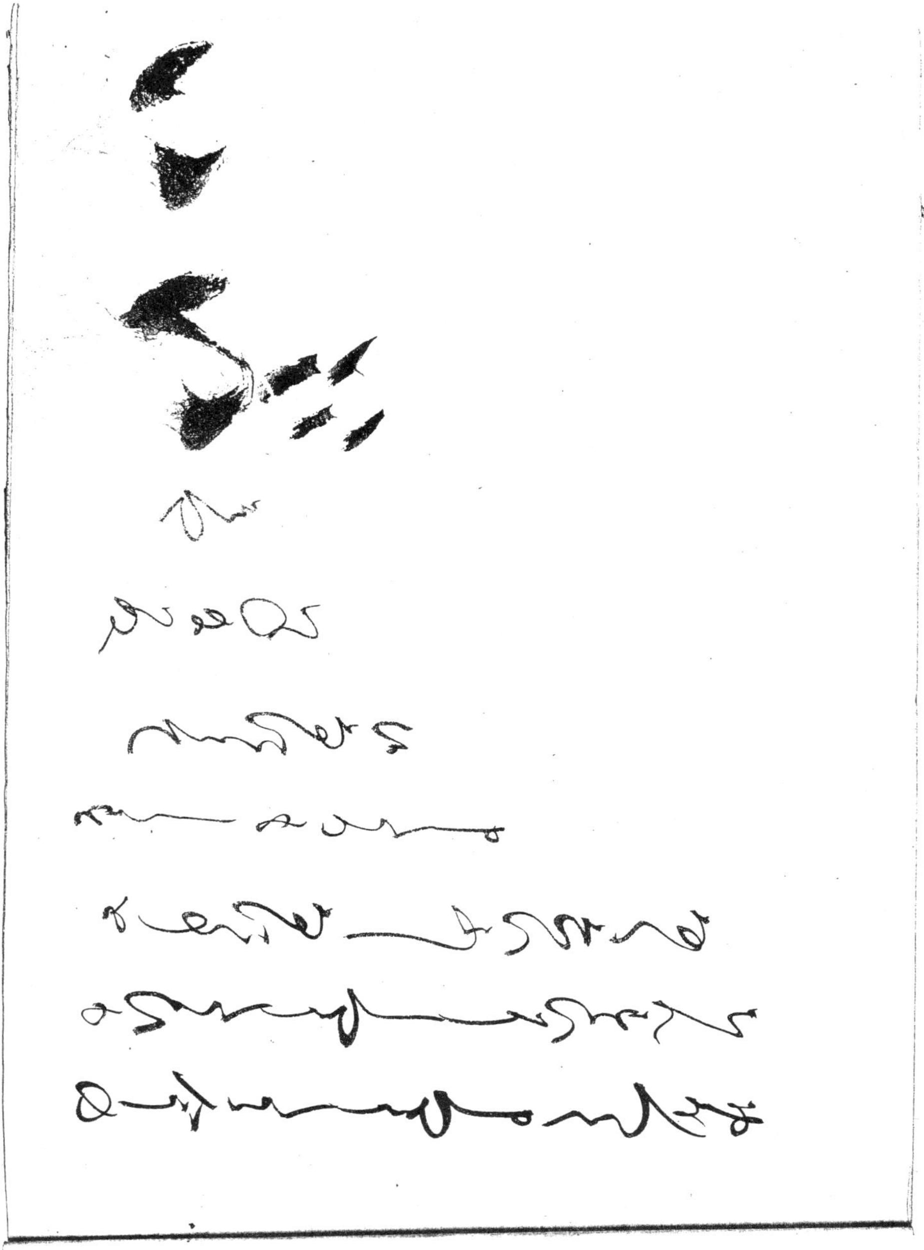

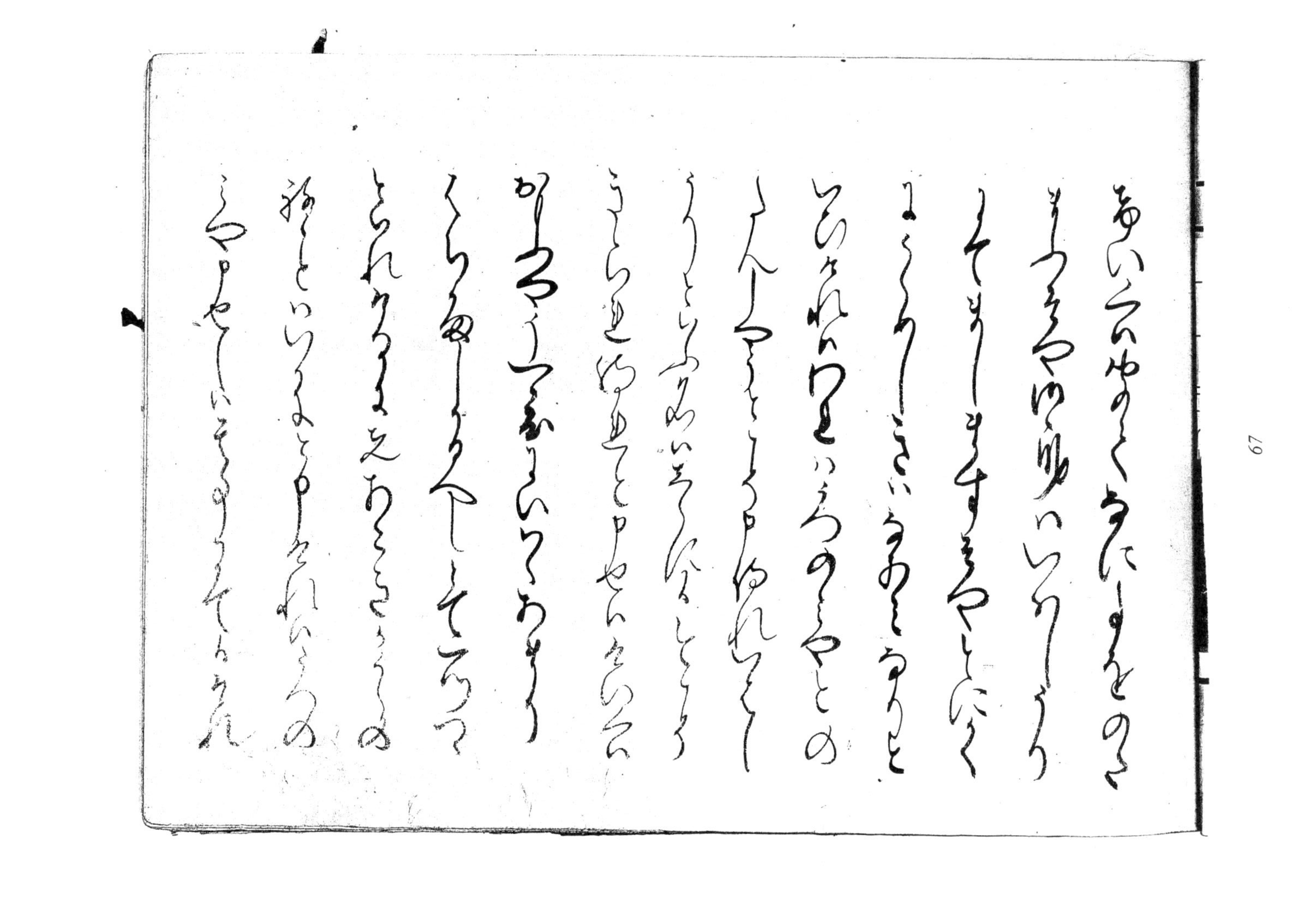

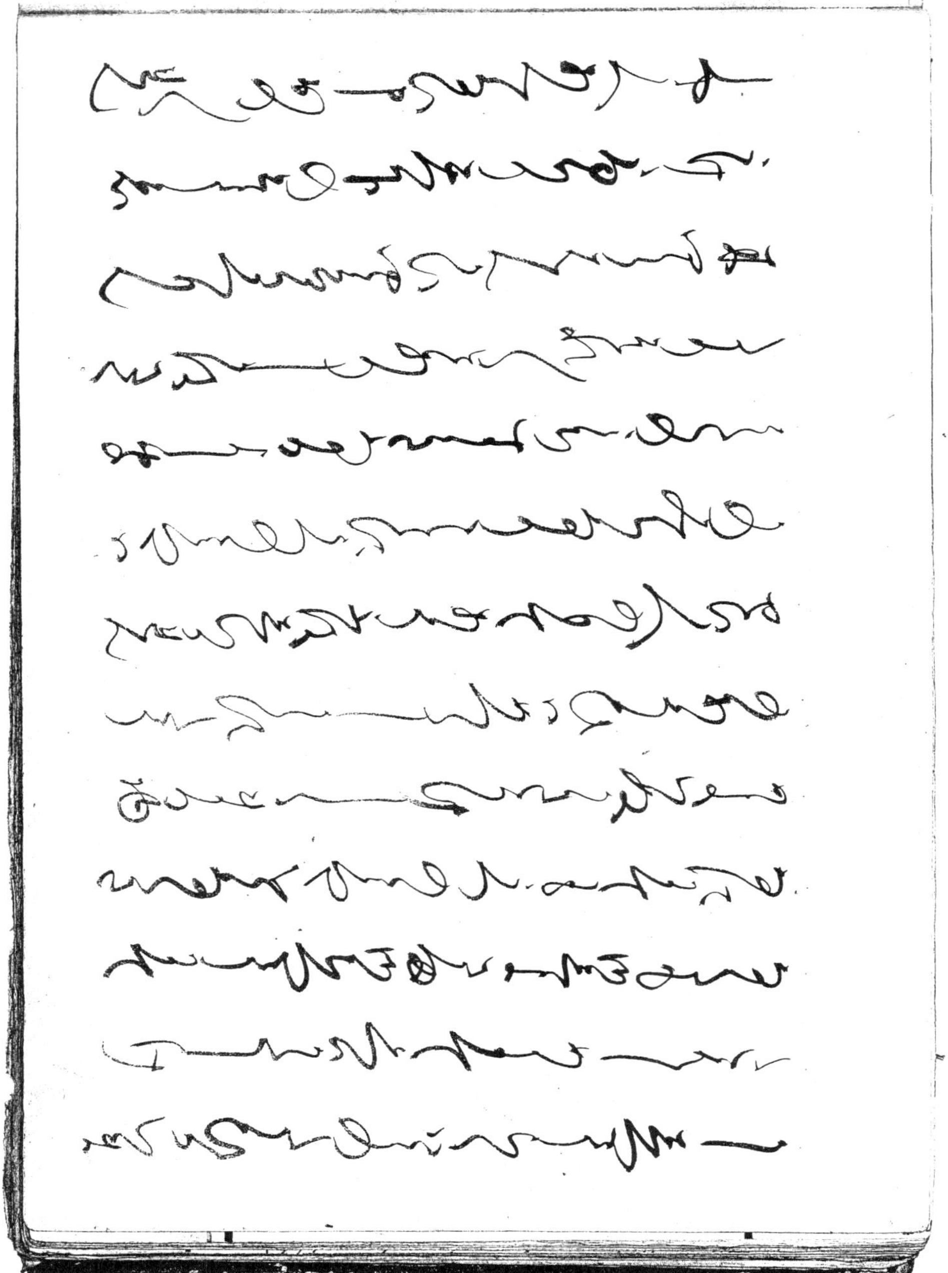

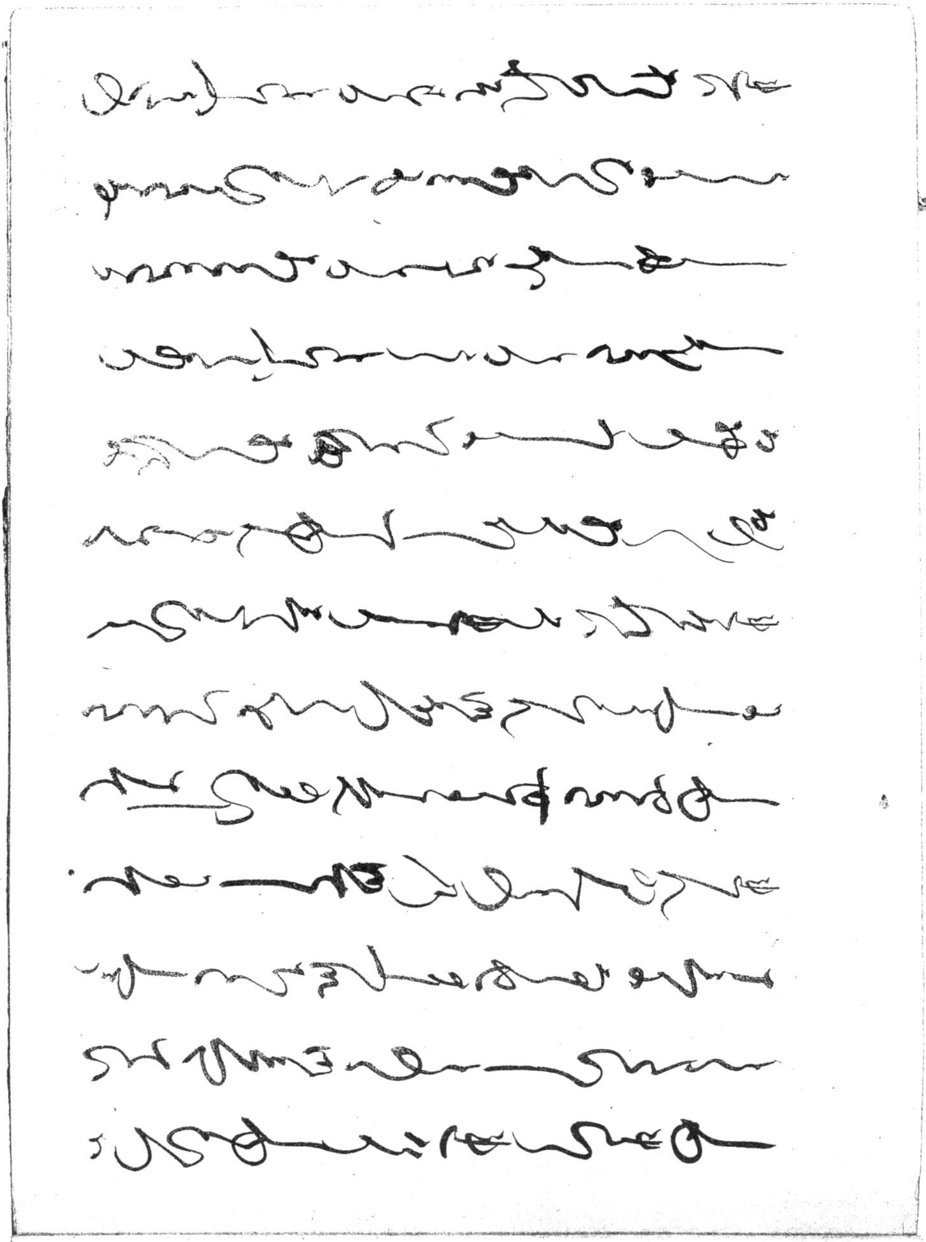

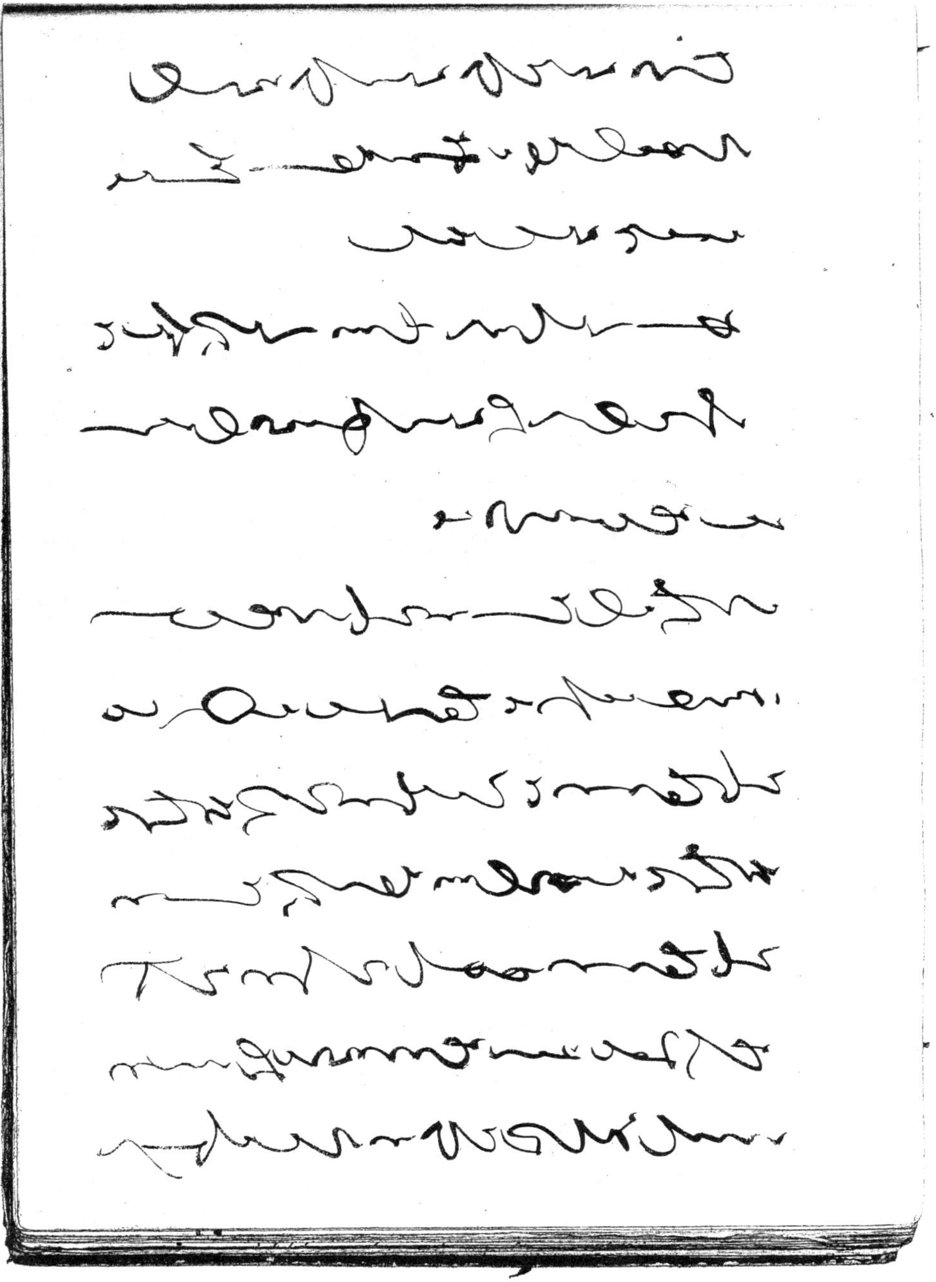

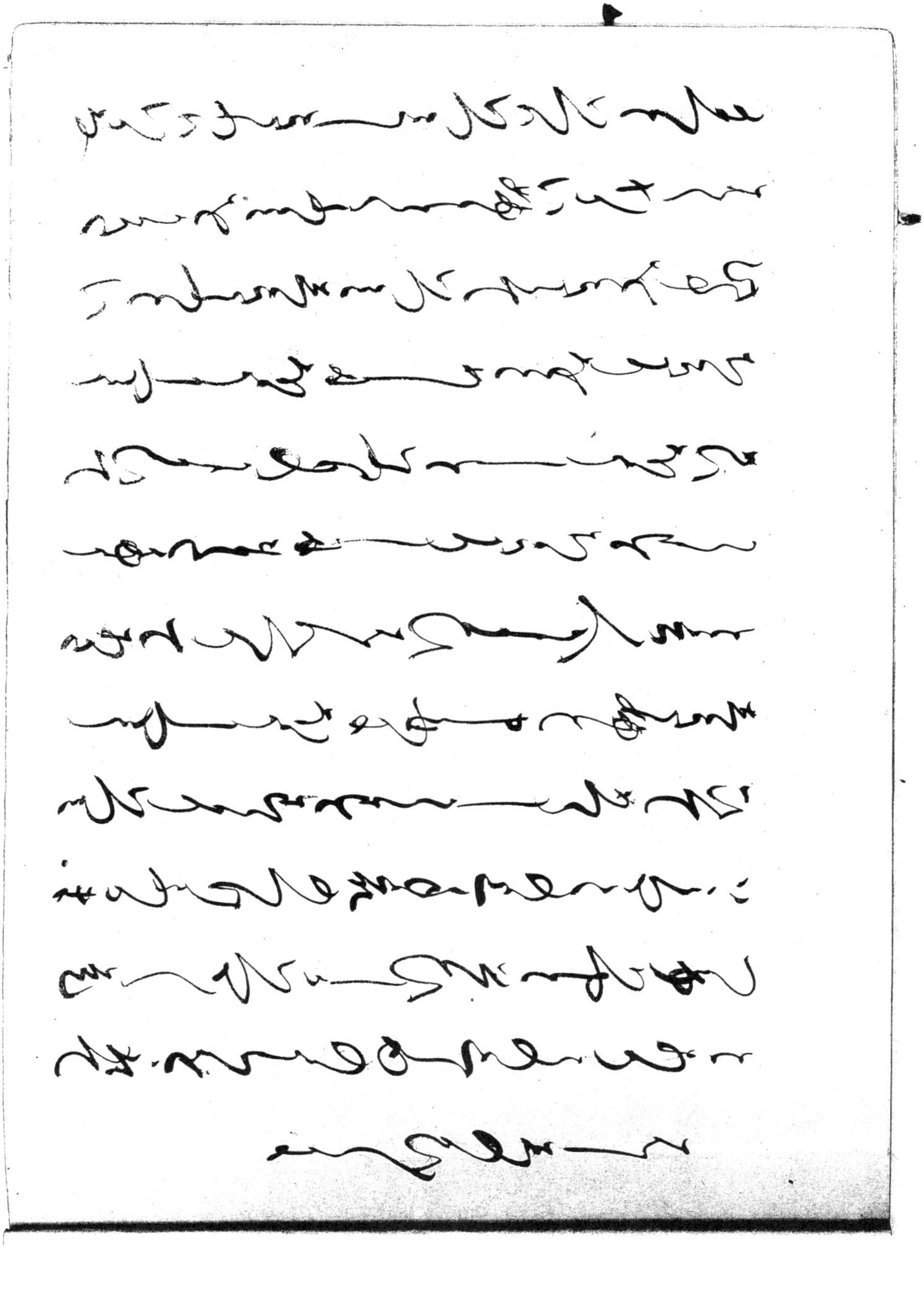

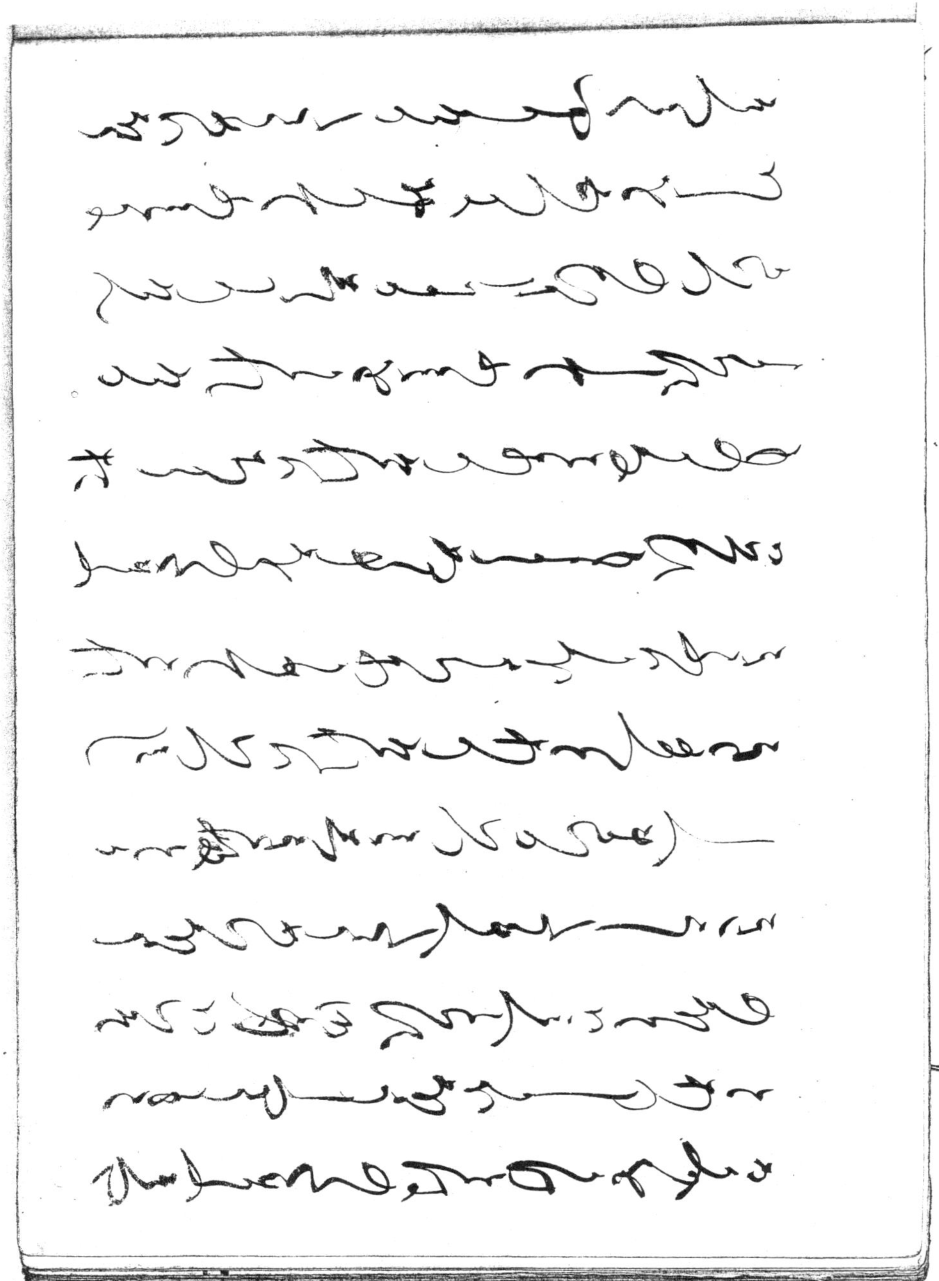

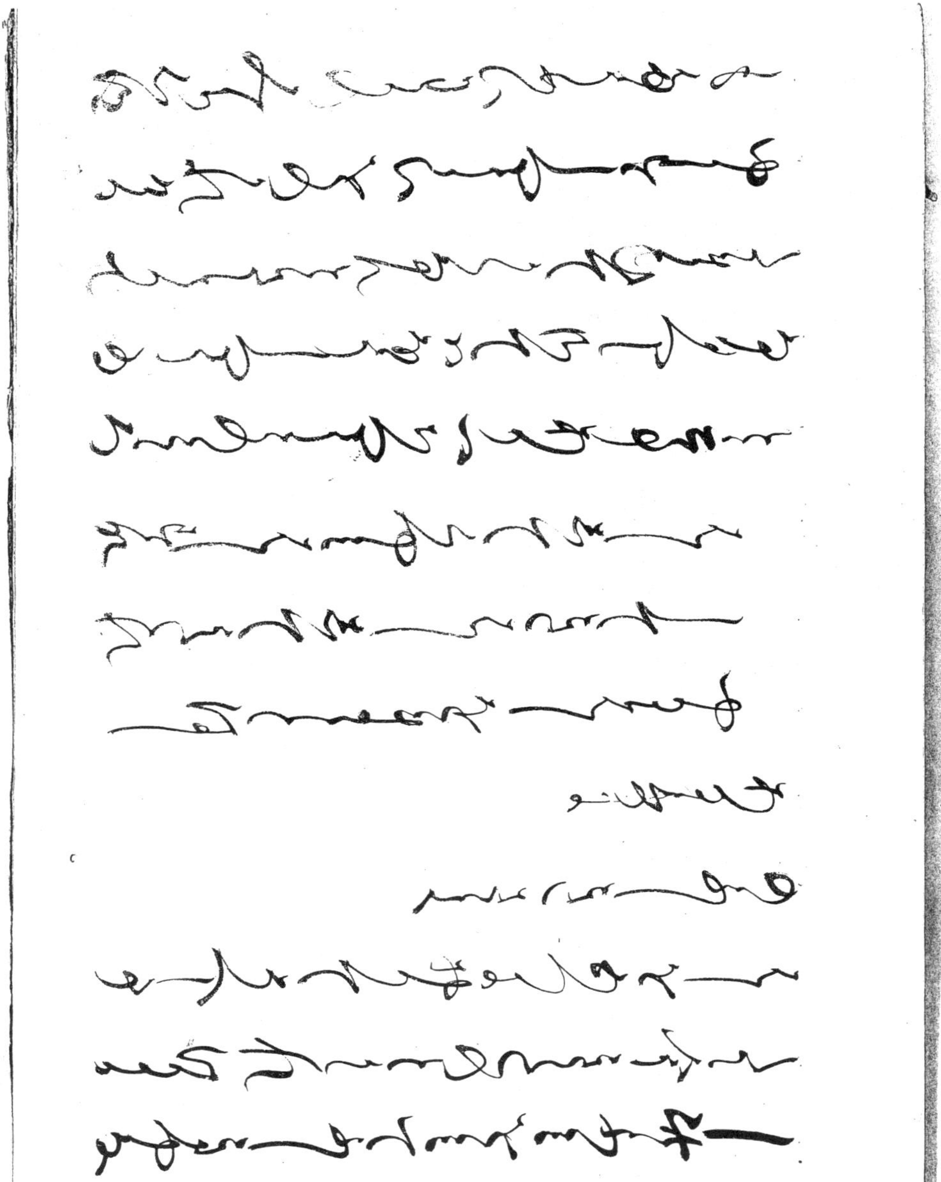

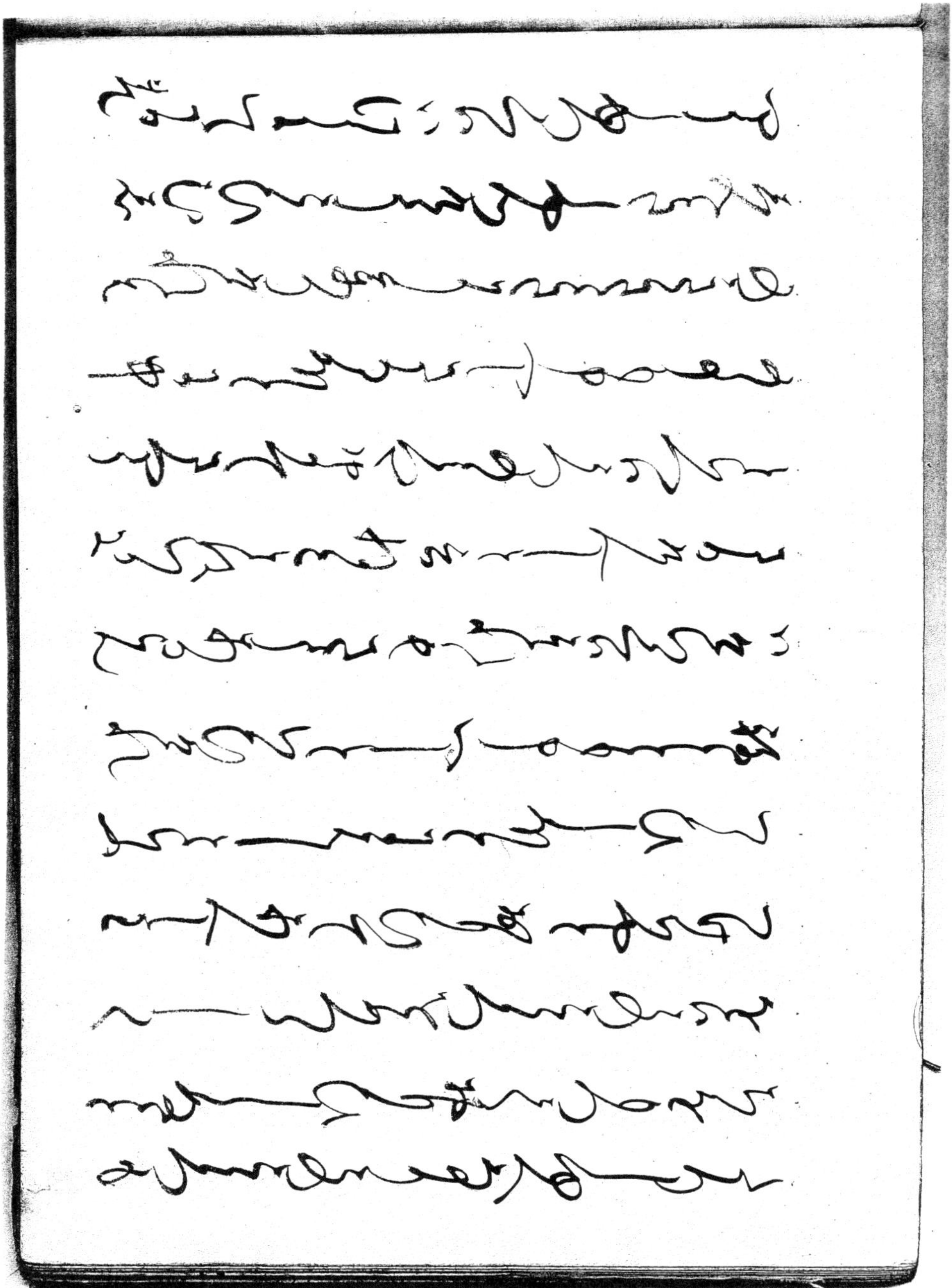

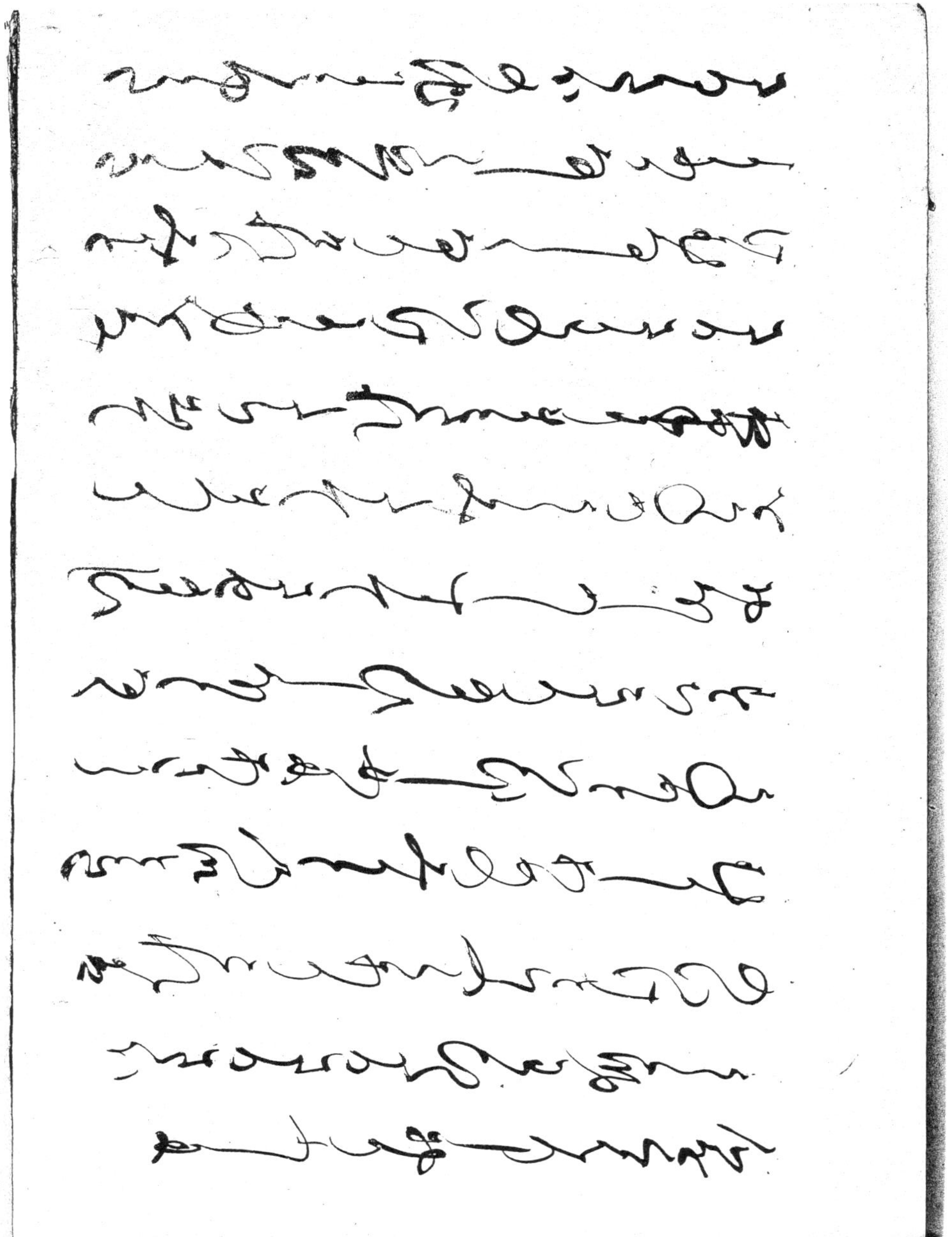

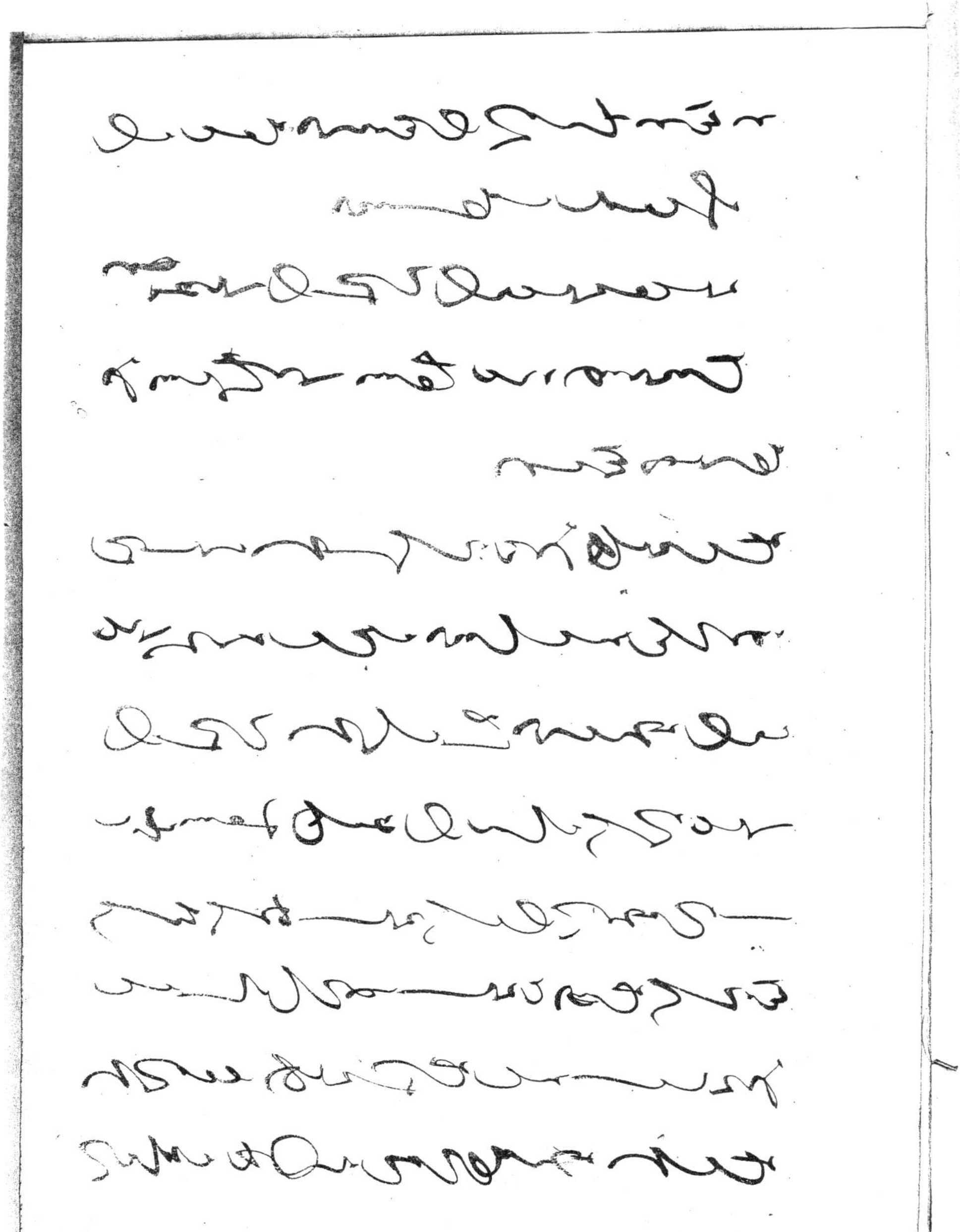

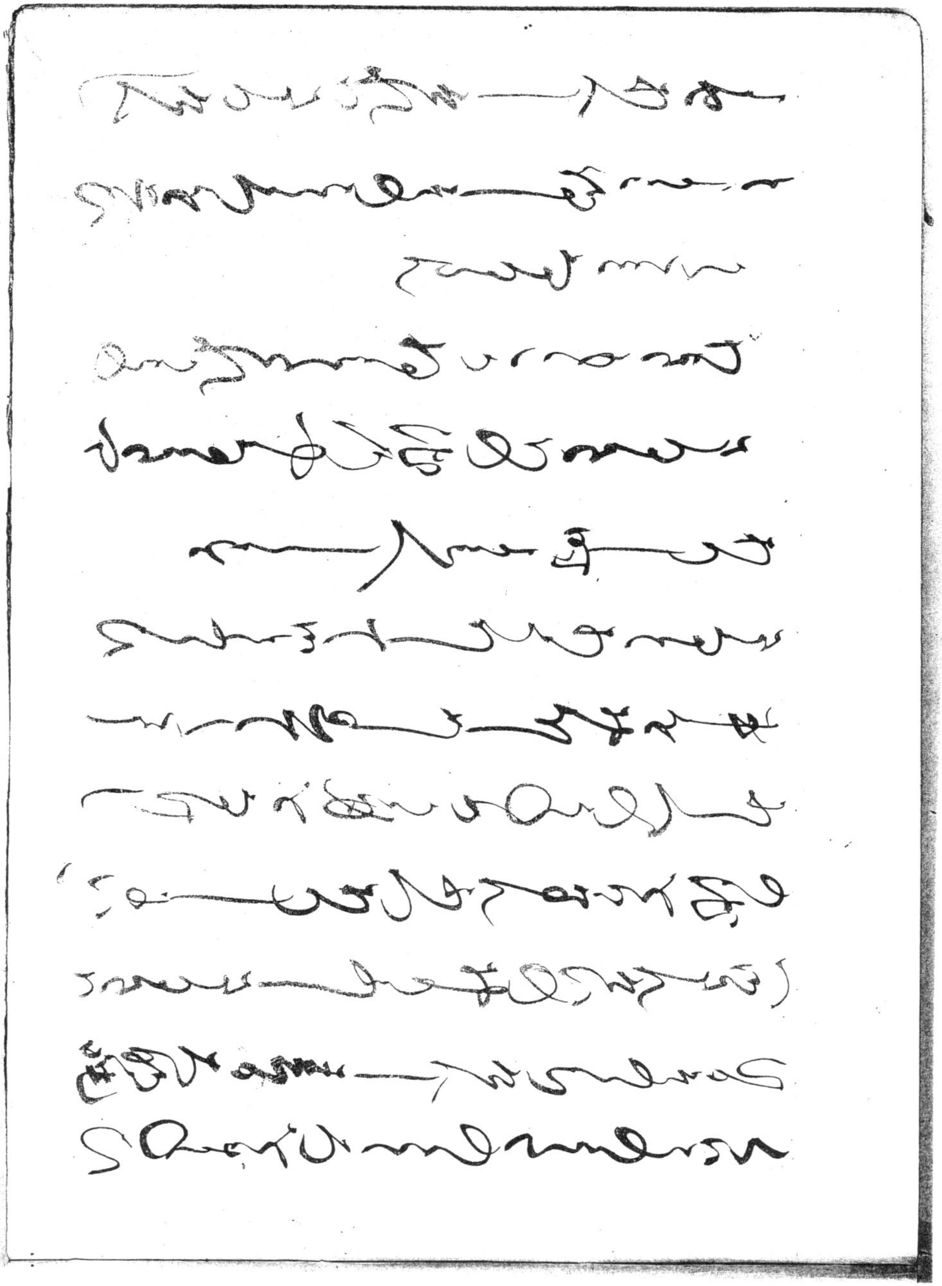

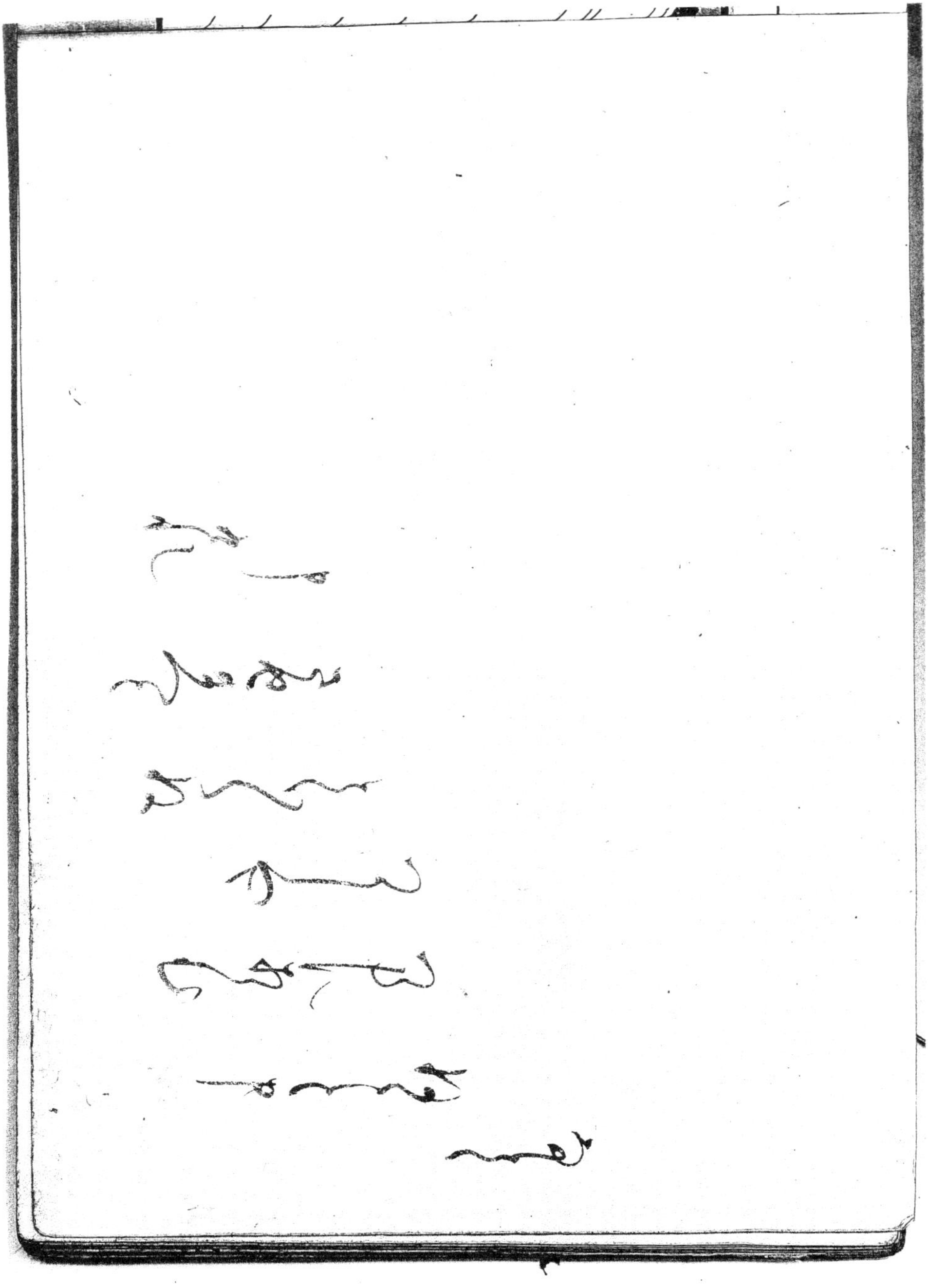

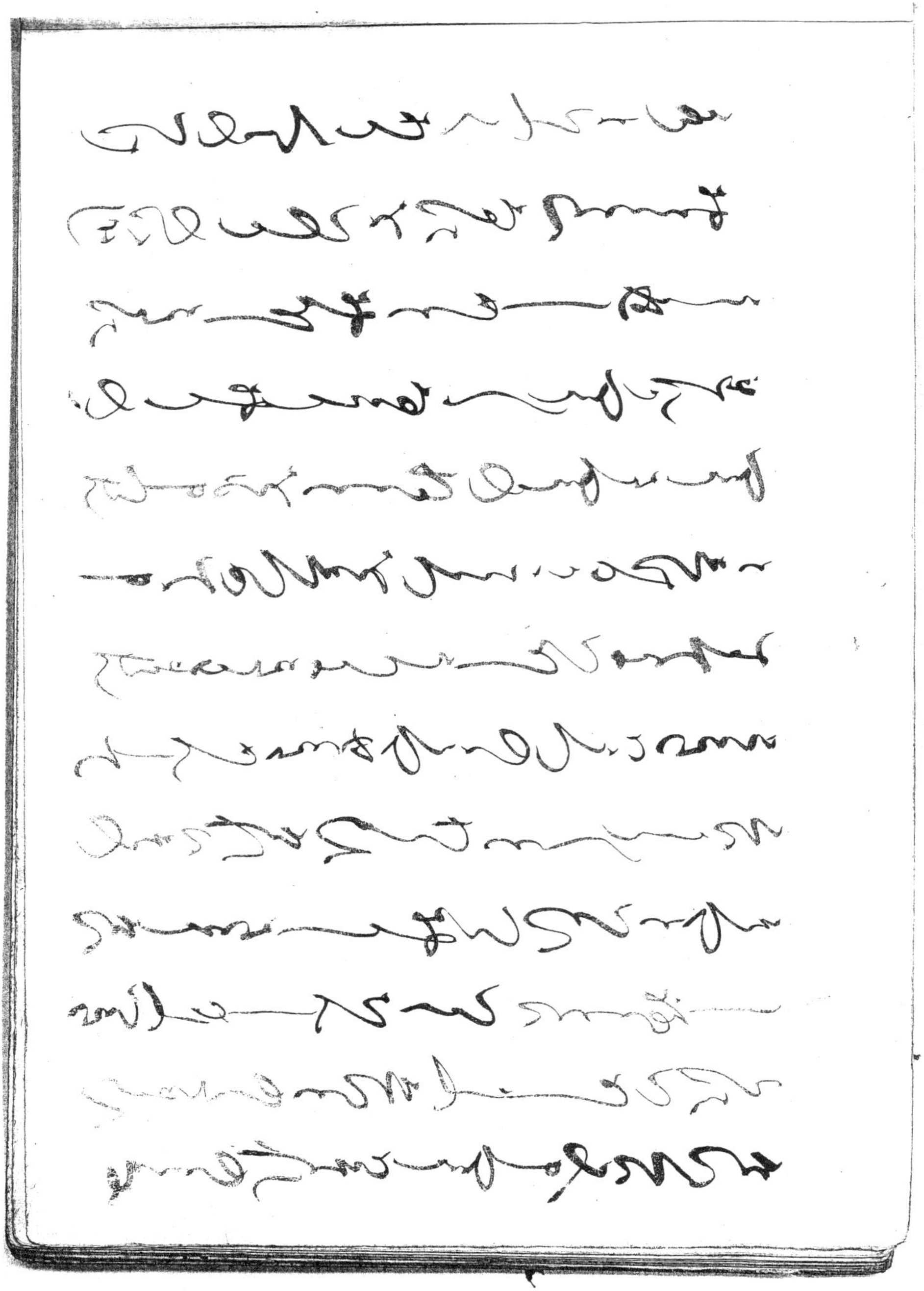

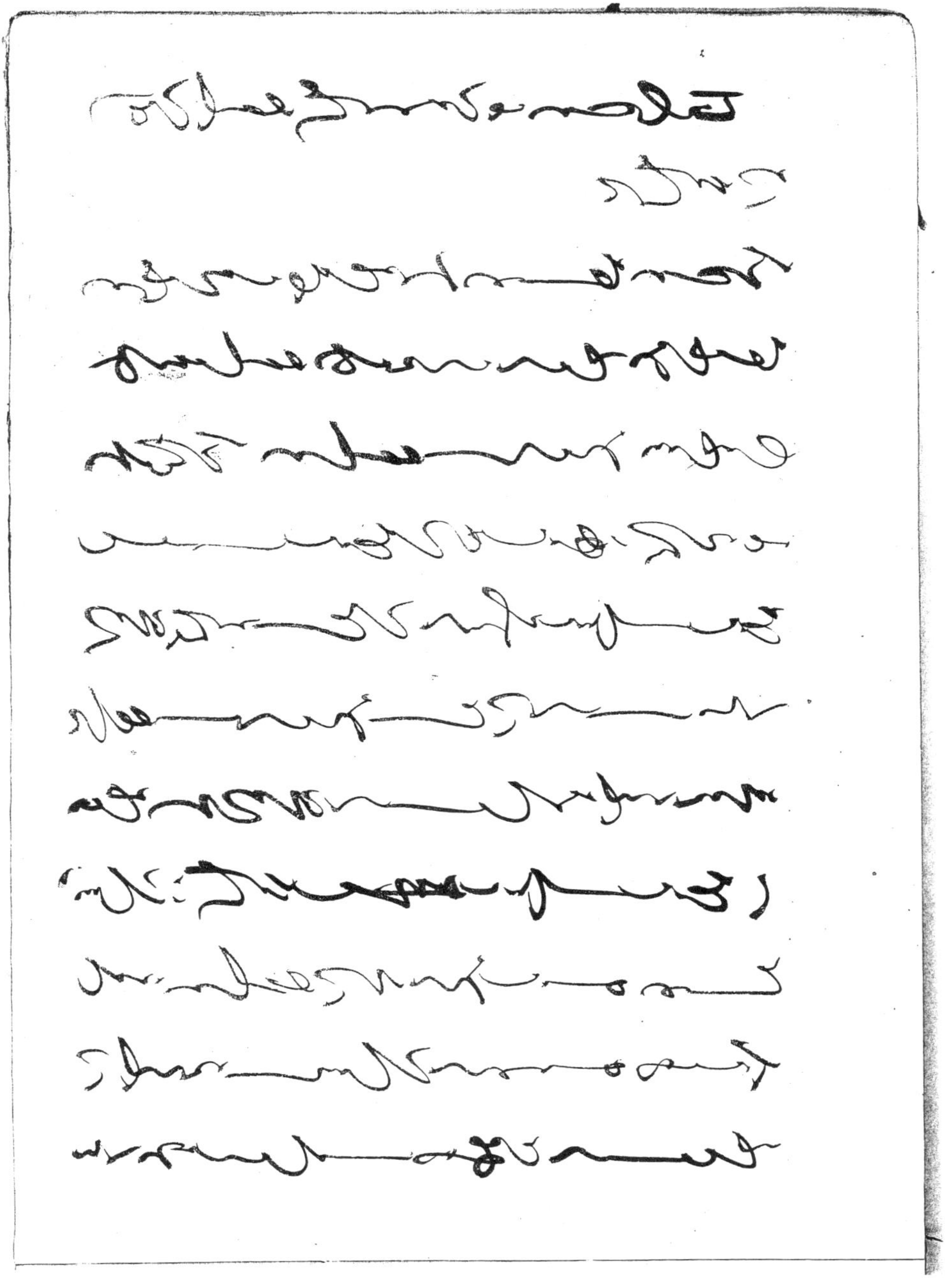

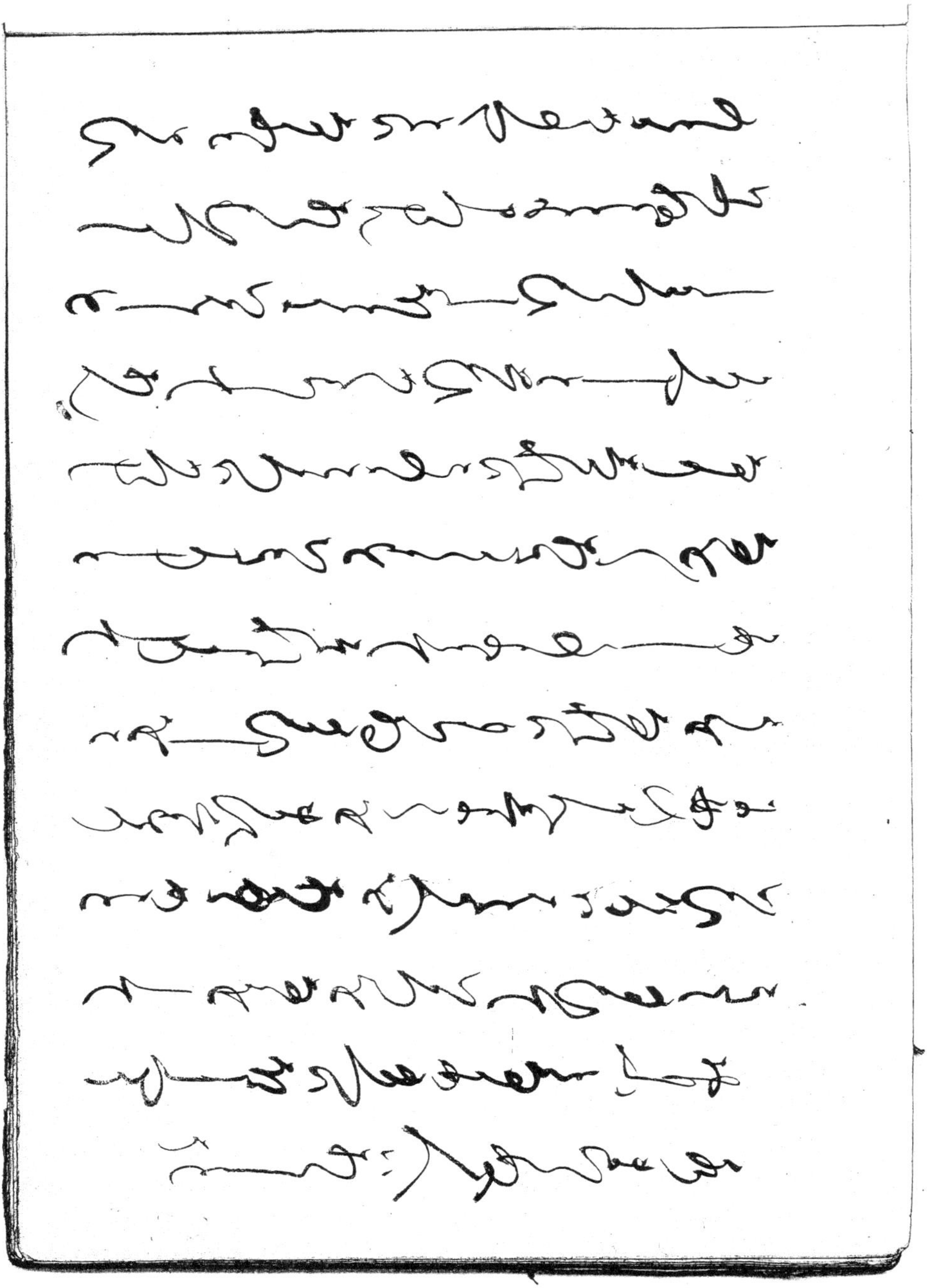

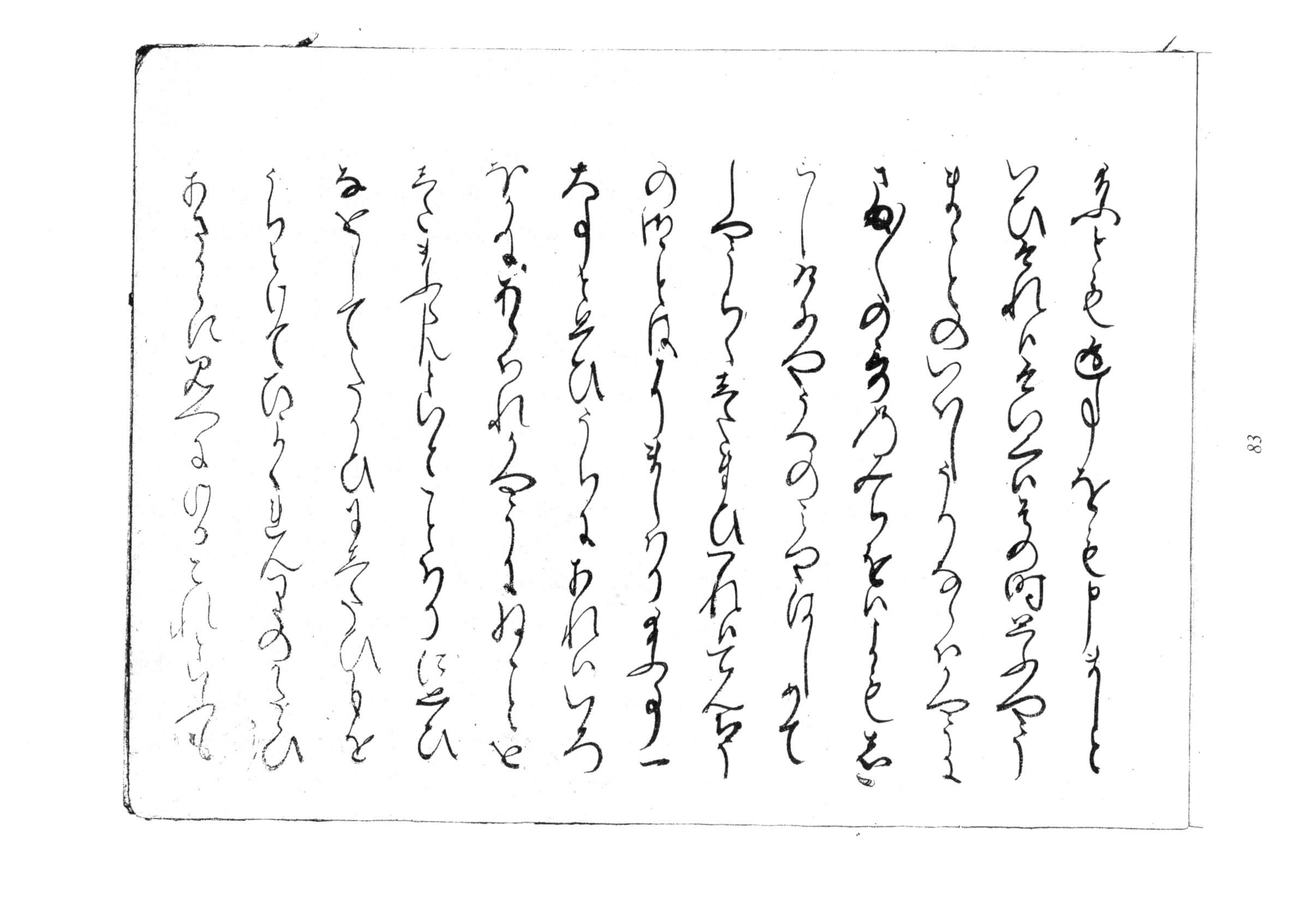

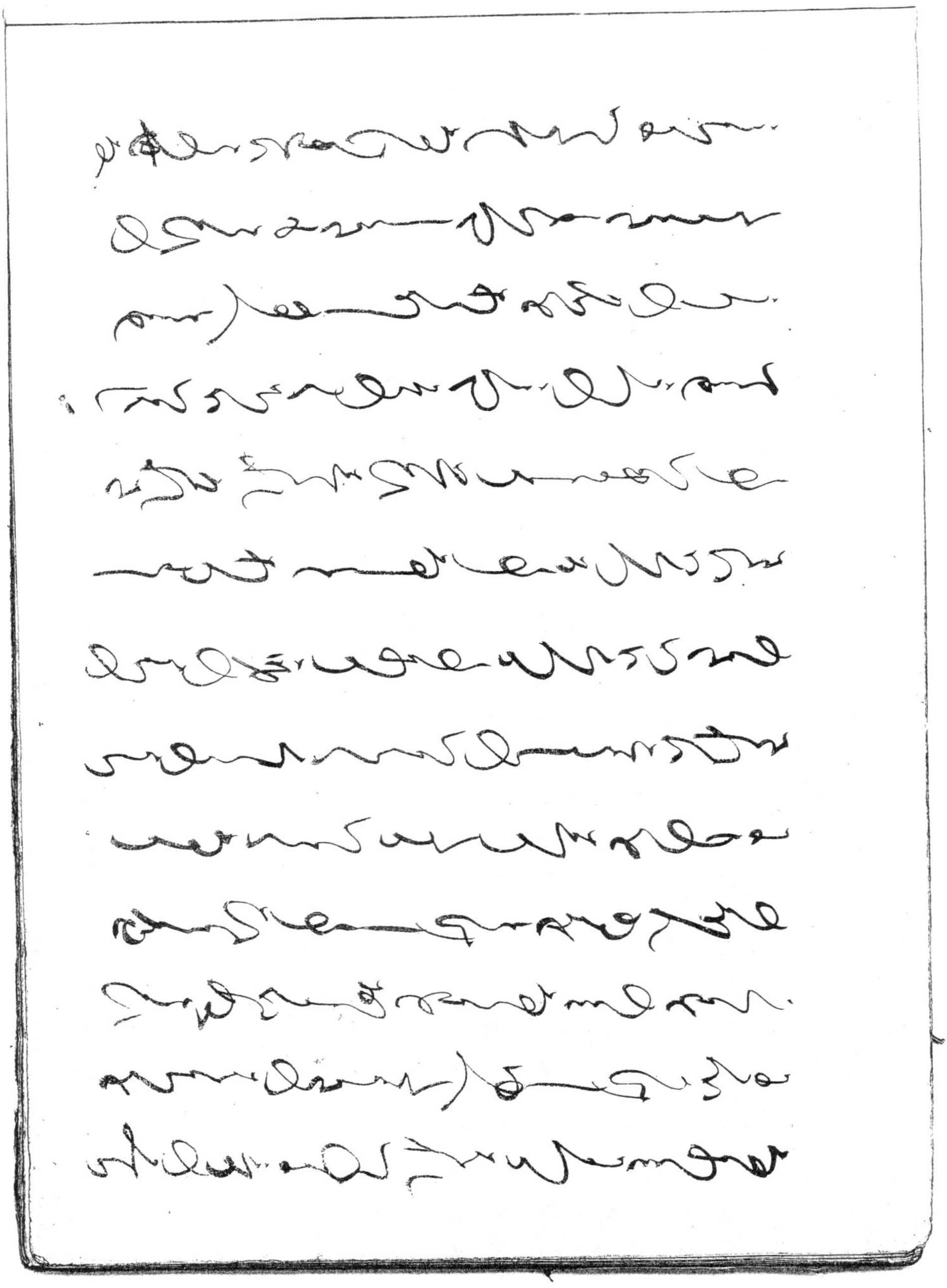

こゑらさりうわいてわきさ
しへらつまてさりつとえ
さへてもえんへしさうきり
もみひのころし一うきさ
ゆくまいそこのこゝろあさしれ
くもくへにまつひま
つきにそこのみこそかなく[illegible]

解題

『猿源氏草紙』は、鰯売りである者が裕福になり、本来ならばかなわぬ恋を、和歌の道に通じ故事来歴を披露することにより、成就し幸せとなる物語。御伽草子の庶民物としては、『物くさ太郎』が、庶民でありながら女房に恋をし、歌を中心とする知識により結ばれる、という点において近似している。簡単な内容は以下の通り。

伊勢国阿漕浦の鰯売り海老名の六郎左衛門は、猿源氏という者を婿にとり、鰯売りの仕事を譲って遁世し、南阿弥陀仏と名乗っていた。猿源氏は、京都中を周り、裕福となる。ある日、猿源氏が五条の橋を渡ると、上臈の蛍火を見、恋となる。猿源氏は、苦労するが、最終的には阿漕浦へ二人で下り、富み栄え子孫繁盛した。

なお、『猿源氏草紙』の伝本は、御伽文庫本が知られているが、奈良絵本は珍しい。

以下に、本書の書誌を簡単に記す。

所蔵、架蔵

形態、袋綴、奈良絵本、二冊

時代、［江戸前中期］写

寸法、縦一五・七糎、横二三・六糎

表紙、紺色表紙

外題、中央題簽「さるけんし」
見返、銀紙
内題、なし
料紙、間似合紙
行数、半葉一三行
字高、約一二・二糎

室町物語影印叢刊35
猿源氏草紙
定価は表紙に表示しています。
平成二一年三月三〇日　初版一刷発行

発行者　吉田栄治
印刷所　エーヴィスシステムズ
発行所　㈱三弥井書店
東京都港区三田三－二－三九
振　替〇〇一九〇－八－二一一二五
電　話〇三－三四五二－八〇六九
FAX〇三－三四五六－〇三四六
ISBN978-4-8382-7067-5 C3019